Emanuela Castelli

L'incredibile storia di Vera Spark

MNAMON

Mi chiamo Vera Spark e sto per raccontarvi una storia incredibile.
Dico incredibile, che è diverso da impossibile.
Molti di voi, forse tutti, la riterranno invece impossibile, ma ciò non mi scoraggia per nulla. Questa storia deve essere raccontata e riuscirò, quantomeno, a insinuarvi il dubbio.
Si usa dire incredibile ma vero? Appunto.

'Signorina Spark, le è stato assegnato un caso,' mi disse con nonchalance Mr. Mariani.
'Si tratta di sparizioni, e sono troppe ormai. Non si riesce a venirne a capo.'
Mariani, Anselmo Mariani, era il mio capo.
Un uomo di poche parole, freddo come un ghiacciolo chiuso nel freezer da dieci anni. Ma ci stava. Nel suo ruolo, intendo dire, e poi la sua professionalità e la sua esperienza ripagavano grandemente la sua mancanza, per così dire, di "umanità".
E non uso questo termine a caso.
'Partirai dopodomani, ti mando in America. Seguirai le tracce lasciate dal tenente Mike Calduen che si è occupato del caso per circa tre mesi, ma senza grossi risultati.' Non c'era inflessione di giudizio nel suo tono di voce, solo fretta e concentrazione, come se stesse leggendo il bugiardino di un medicinale prima di usarlo.

'Sto entrando in riunione per il caso "Mangrovia", ma tu inizia a preparare le valigie. Starai via per qualche settimana al massimo e, mi raccomando, controlla il passaporto, anche quello americano. Ti servirà.'

'Va bene...'

Feci appena in tempo a intercalare. Mariani continuò:

'Andrai in California. Farai una breve tappa a Los Angeles per l'aggiornamento sul caso e poi ti sposterai a Bryce Canyon. Il resto te lo spiego domani in ufficio. Ti aspetto puntuale alle nove. Ciao.'

Aveva parlato tutto d'un fiato, un vortice come sempre. Ma aveva scandito molto bene le parole, forse per non dover ripetere qualcosa.

Era di fretta, si capiva da un miglio, e la linea si era interrotta bruscamente dopo il ciao.

Ora fissavo il cellulare. Il "ciao" mi rimbombava nell'orecchio ormai libero dalla conversazione e mi sembrava di vedere sul display le parole SPARIZIONI, AMERICA, PARTIRE DOPODOMANI.

Erano impresse nel mio cervello.

1

Era stato un Agosto poco caldo e molto piovoso. Le ultime giornate del mese avevano proposto un ritorno di estate, quell'estate che in realtà non era mai iniziata, e i 24 gradi delle otto del mattino quasi mi infastidivano, anche perché alle due del pomeriggio sarebbero stati almeno 32 e, nel centro di Milano, se ne sarebbero percepiti anche 35.

Il clima negli ultimi anni era cambiato in maniera evidente. L'inquinamento stava, ahimè, mostrando i suoi frutti migliori in tutto il pianeta e l'essere umano, a sua volta, stava passando inesorabilmente dallo stato di beato carnefice a quello di inerme vittima. Triste considerazione, ma vera.

Fenomeni più o meno avversi di cui il telegiornale parlava drammaticamente in pochi minuti cotti e mangiati, erano ormai all'ordine del giorno. Terremoti, inondazioni, smottamenti, onde anomale, di tutto e di più.

Nelle zone più fortunate i fenomeni avevano caratteristiche meno tragiche, ma certo molto fastidiose, come appunto le variazioni del clima, diverso, eccessivo e assolutamente imprevedibile.

Di ciò il telegiornale parlava poco, in compenso nei bar e negli uffici tutti si lamentavano per i week end e le vacanze rovinate, me compresa.

Per esempio in Italia ultimamente era di moda parlare di "bombe d'acqua" riferito a piogge intense e concentrate in pochi giorni, con conseguenti inondazioni di tutto rispetto, talvolta dai risvolti gravissimi. Per non parlare delle "ondate di calore africano", che costringevano tutti a vivere rintanati negli uffici e nelle case col condizionatore acceso giorno e notte.

Inutile dire che il famoso surriscaldamento globale del pianeta indotto dall'inquinamento ne era il responsabile, insieme alla ormai consolidata cementificazione della superficie del suolo nelle aree più popolate.

Camminavo veloce sotto il sole tiepido cercando di non scompormi troppo.

Alle nove dovevo essere in ufficio, puntuale. Ero agitata.

Non sapevo molto sul caso, ma si trattava senza dubbio di una cosa importante e probabilmente si trattava anche della mia prima grande opportunità per emergere, me lo sentivo, anzi ne ero sicura.

Avrei voluto saltare dalla gioia, il capo lo aveva affidato a me!

Ma perché?

Ero italo americana e, sì, senza dubbio questo c'entrava molto nella decisione.

Però forse gli piacevo? Si fidava di me? Ero riuscita a farmi notare in quei primi due anni di lavoro nell'agenzia di investigazione?

Entro pochi minuti avrei saputo tutto e mentre varcavo la soglia dell'ufficio di Mr. Mariani, il caldo lo sentivo ancora di più malgrado l'aria condizionata fosse già a palla.

'Vieni avanti Vera, siedi di fronte a me e, ti prego, non interrompermi, ho molta fretta' disse, senza nemmeno guardarmi in faccia e facendomi un segno di sollecito con la mano.

Stava sfogliando degli appunti, carte ammassate le une sulle altre.

Ubbidii come una scolaretta e avvertii che la mia gola era improvvisamente diventata secca.

'Il fascicolo del caso è piuttosto lungo e dettagliato, lo leggerai in aereo. Il tempo non ti mancherà di certo'

Parlava e manteneva lo sguardo rivolto alle carte. Il mio pensiero andò immediatamente al volo che mi aspettava l'indomani. Non amavo volare ed era il motivo per cui non tornavo spesso negli States.

Le mie origini newyorkesi mi permettevano solitamente un viaggio meno impegnativo di quello che mi apprestavo a fare.

In California ci ero già stata quattro anni prima, subito dopo l'improvvisa morte di mio padre.

Mia madre aveva voluto far visita a sua cognata, zia Alex, che viveva a Los Angeles. Io naturalmente l'avevo accompagnata, in un momento così difficile, ed era stato un viaggio massacrante. Ma l'indomani averi avuto il mio da fare in volo.

Avrei passato la maggior parte del tempo a leggere e rileggere quel plico che ora vedevo giacere sulla scrivania di fronte a me, intitolato "BRYCE MISTERY".

Mariani continuava e io ripresi immediatamente la concentrazione sul pezzo.

'La storia in realtà è tanto semplice quanto misteriosa. Come avrai capito non ho molto tempo a disposizione per gli approfondimenti, confido in te però.'

Finalmente alzò lo sguardo verso di me puntando i suoi occhi grigi cristallini diritti nei miei, come se volesse passarmi un carico di responsabilità.

'Certo, certo capo' mi affrettai a ribattere per non perdere l'occasione di rassicurarlo sul mio entusiasmo.

Sentivo le mie orecchie dilatarsi e il mio cervello tendersi nello sforzo di assimilare al 100% ogni parola che sarebbe uscita dalla sua bocca.

'Da circa un anno nella zona circostante il parco del Bryce Canyon si stanno verificando delle sparizioni di turisti. Per lo più di giovani sotto i 40 anni, per maggior precisione tra i 15 e i 40. Ad oggi 4 americani, 3 francesi, 4 tedeschi, 2 inglesi, 4 giapponesi, 2 spagnoli, 3 olandesi, ben 5 italiani.'

Cercai di fare mentalmente la somma delle sparizioni, ma mi persi e ripresi nuovamente a seguire l'esposizione serrata di Mariani concentrandomi sul "qui e ora".

'L'autorità americana dopo i primi cinque casi ha aperto un fascicolo "top secret", gestito da specialisti.

Si ipotizzava qualcosa che avesse a che fare col terrorismo, questa era la grossa paura. Ma nulla. L'ipotesi è stata scartata nel modo più assoluto, o almeno così risulta ufficialmente. Un altro filone importante ha puntato sul "serial killer". A quanto pare archiviato anche questo, nessun cadavere è stato rinvenuto, cosa senza dubbio anomala per i serial. Ad oggi le grosse indagini sono in fase di stallo, monitorizzano.'

Si schiarì la voce con un colpetto di tosse e riprese:

'La polizia locale ha preposto al caso un agente di zona, certo Mike Colduen.'

S'interruppe nuovamente e guardò fuori dalla finestra con un'espressione, avrei detto, pensierosa.

Poi di scatto si girò, si versò un bicchiere d'acqua, che bevve in un sol colpo, e di buona lena continuò:

'L'ultima sparizione è avvenuta appena due settimane fa e dalla scorsa settimana il caso è stato riaffidato al tenente George Deverou. Farai bene a fartelo amico.'

E di nuovo una pausa, come se si fosse perso in qualche altro pensiero che, a questo punto, avrei voluto conoscere anch'io. Cercai di riorganizzare i miei di pensieri, ma non ne ebbi il tempo.

'E ora veniamo a noi, Vera.

Le famiglie degli italiani scomparsi hanno deciso di agire parallelamente e si sono rivolte a me. O meglio, a noi.'

Puntò nuovamente i suoi occhi gelidi nei miei.'Vogliono un filo più diretto.'

Una speranza in più averi detto io, ma lo tenni per me.

'Avrei voluto occuparmene personalmente, ma come ben sai non posso lasciare proprio adesso il caso Mangrovia, è fuori discussione. Quindi vai tu Vera.

Tu sei madre lingua, in questo contesto è molto importante, lo capisci.'

Certo che lo capisco, pensai un po' delusa accennando un assenso col capo. Non mi piaceva che fosse quello il motivo per cui mi stava affidando il caso.

'Avrai carta bianca. Sei una ragazza intelligente e hai maturato l'esperienza sufficiente per camminare con le tue gambe. Adesso hai l'opportunità per dimostrare se hai il talento e l'intuito del bravo investigatore.'

Ok, così va meglio Mr. Mariani, pensai, e sorrisi sotto i baffi.

'Sarai sola in America, ma ricorda che mi potrai contattare sempre e, naturalmente, mi aggiornerai sugli eventi.

Niente di meglio che buttarsi nell'acqua alta se si vuole imparare a nuotare!'

La conclusione mi suonò come un'esortazione a non avere paura, cosa peraltro molto probabile dopo quell'inquietante "sarai sola".

'Hai qualche domanda, Vera?'

Avevo mille domande! Ma prima di tutto non volevo sembrare insicura.

'No capo, è tutto chiaro,' sentii quelle poche, semplici parole, uscire dalla mia bocca.

'Benissimo, allora passa da Maria prima di uscire, ti darà il biglietto aereo e una carta di credito.' e, guardandomi ancora una volta dritta dritta negli occhi, mi congedò con un 'Buona fortuna, Vera!'

2

Il decollo era stato dolcissimo e quasi non mi ero resa conto di essere già ad alta quota.

Slacciai la cintura di sicurezza e mi stiracchiai la schiena nel tentativo di trovare una posizione comoda, per quanto fosse possibile naturalmente, dato che viaggiavo in classe economica.

Come sempre al check-in avevo richiesto un posto finestrino.

Mi piaceva tenere d'occhio il paesaggio giù sulla terra e su nelle nuvole, quanto meno era un'alternativa rispetto alla visuale della cabina dell'aeromobile che, per molte ore, sarebbe stata il mio unico habitat.

Il plico sul caso delle misteriose sparizioni, il *mio* caso, giaceva dentro lo zainetto sotto al sedile e mi aspettava.

Prima di prenderlo e di iniziare la lettura, mi ritrovai a riflettere sulla breve esposizione dei fatti che il giorno precedente avevo ascoltato da Mr. Mariani. Qualcosa non mi tornava.

Ripercorsi le sue frasi e la cronologia degli avvenimenti. Chi seguiva ad oggi il caso?

Aveva fatto due nomi, l'ultimo era George Deverou. Sì.

Ricordai che Mr. Mariani aveva suggerito di farmelo amico per attingere informazioni e iniziai a pensare a come avrei fatto, ma forse un'oculata improvvisazione sarebbe stata l'arma vincente e mi tolsi subito il pensiero.

Poi, con un leggero sforzo tesi il braccio e presi lo zaino.

Accanto a me sedeva un simpatico ragazzino di quindici anni circa e, vicino a lui, sul lato corridoio, la mamma. Sembravano persone educate e tranquille. Potevo leggere in pace.

Così feci, tutto d'un fiato. Date, episodi, testimonianze: un vero mistero.

Poteva sembrare l'esordio di un film di fantascienza, o peggio, di un horror all'americana.

Se non fosse stato per le sofferenze delle famiglie coinvolte che proiettavano quel racconto in un dramma reale, avrei giurato di aver letto l'inizio di un romanzo di fantasia.

Una cosa però, tra tutte, mi aveva lasciata esterrefatta.

Un fatto molto grave che Mr. Mariani non mi aveva detto, o meglio, su cui aveva sorvolato.

Riguardava l'ultima sparizione.

E sì! Non si trattava di un turista in visita ai parchi californiani, bensì del tenente Mike Colduen, lo stesso agente di polizia locale a cui era stato affidato il caso inizialmente, subito dopo le grosse indagini.

Dunque era stato quello il motivo del cambio di guardia: il tenente era diventato vittima in prima persona e il posto era rimasto vacante!

Ricordai che nella sua esposizione Mr. Mariani aveva affermato che il caso era passato da un agente all'altro nel giro di poco tempo, ma non ne aveva spiegato il motivo e, nell'insieme degli eventi presentati nel suo racconto, il fatto non mi era saltato all'occhio.

A posteriori capivo che era proprio quello il dettaglio che mi ronzava nella testa senza prendere forma.

Adesso era chiaro, e un brivido freddo mi scese lungo la schiena.

3

Zia Alex mi accolse con un caloroso abbraccio. Era trafe-
lata.

'Ciao Vera! Ben arrivata! Hai viaggiato bene?'

L'avevo intravista da lontano crearsi un varco tra mille
strani personaggi muniti di cartelli volanti su cui erano
scritti i nomi più disparati di uomini d'affari e di turisti
provenienti da ogni angolo del pianeta.

Si era fatta notare sventolando sopra la testa una sciarpetta
variopinta e, catapultandosi tra la folla senza molta grazia,
mi aveva raggiunto come si fa col traguardo di una staf-
fetta.

'Cara zia, come stai? Il volo è andato bene, lungo ma tranquillo, grazie a Dio.'

La baciai sulla guancia incipriata. Aveva profumo di casa
e mi abbandonai per un istante al suo abbraccio.

'Vieni Vera, seguimi. Fuori ci aspetta un taxi.'

La zia non amava guidare, ma non aveva rinunciato a venire a prendermi di persona. Mi avrebbe ospitata per uno
o due giorni, era il tempo di cui avevo bisogno per iniziare
a raccogliere informazioni sul caso.

Le avevo detto che dovevo svolgere un lavoro per lo studio, ma ero rimasta molto sul vago e lei non aveva fatto
domande. Era semplicemente contenta di vedermi. Zia
Alex era una donna saggia, divertente e piena di energia.

Faceva caldo anche a Los Angeles ma l'aria era secca e leggera, niente a che vedere con quella di Milano.

Guardando fuori dal finestrino vedevo palme mastodontiche e erba verde.
I colori erano brillanti, gli spazi aperti e il sole sembrava pulito.
'Che bel clima zia!'
Esclamai liberandomi dal ricordo ancora vivo della costrizione di un lungo viaggio aereo.
'A Milano si moriva dal caldo!'
Abbassai il finestrino della berlina su cui eravamo salite e, annusando l'aria tiepida che mi accarezzava la fronte, cercai di sentire un odore diverso da quello a cui ero abituata.
'Tesoro mio, qui si sta benissimo! L'aria circola sempre, non possiamo davvero lamentarci'
Zia Alex sorrise e mi strinse forte la mano.
'Il mese scorso sono dovuta andare a New York e là sì non si respirava! L'estate è sempre tremenda a New York, tu lo sai, e non parliamo delle bufere di neve che flagellano tutta quella zona d'inverno. È davvero spaventoso quello che succede negli ultimi anni col clima,' sbottò infine con tono sofferente, e continuò:
'Sono almeno quattro anni che, mio malgrado, non vado da zia Cindy per le festività natalizie e mi dispiace davvero tanto sai, ma mi rifiuto tassativamente!!! Eh sì, lo ammetto, ho troppa paura di rimanere bloccata sotto quintali di neve e di morire congelata!' concluse infine col suo tipico fare buffo. Era proprio zia Alex!
Mi piaceva ascoltare la sua voce allegra e familiare mentre osservavo incuriosita le strade trafficate di Los Angeles.
'Un vero peccato perché tu sai bene quanto è magica New York a Natale e quanto io sia legata a quella città.

La California invece è dolce, in ogni stagione lo è, e non rimpiangerò mai di essermi trasferita qui!'

Zia Cindy non era la terza sorella, era una cugina.

Aveva perso i genitori prematuramente ed era stata accolta dai miei nonni paterni come una terza figlia.

Viveva ancora nella grande mela e aveva tre figli maschi.

Visualizzai come in un flash le immagini delle bufere di neve di cui parlava zia Alex. Il telegiornale in Italia le mandava in onda ogni anno, più o meno tra dicembre e gennaio. Niente da dire, erano impressionanti e nessuno avrebbe mai voluto trovarsi nei paraggi durante quegli episodi infausti.

La natura quando si ribella è veramente impietosa.

'Povera zia.' commentai.

'Proprio così cara. Si chiude in casa per giorni e giorni con una scorta di viveri e passa il tempo in ansia per ogni figlio che esce, fino a quando non torna. E lo so bene io! Mi telefona in preda al panico ogni volta che succede! Ahhh... a proposito, ti salutano tanto. Ma quanto ti fermi Vera?'

'Due giorni zia, non di più. Devo raggiungere al più presto Bryce Canyon. Anzi, non so davvero come scusarmi sai, sì... ecco, per averti avvisata soltanto ieri del mio arrivo. È stata una partenza improvvisa e dormire in albergo a Los Angeles sapendo che ci sei tu, zietta cara, mi sembrava davvero brutto e scortese!' conclusi con fare bambinesco, cercando di sviare il discorso da eventuali approfondimenti.

'Ma certamente tesoro mio, e io non te lo avrei mai perdonato! Fai pure quello che devi fare, so che non sei in visita di cortesia e non ti disturberò, ma, se me lo permetti, ti coccolerò a modo mio.'

Ammiccò con aria complice e, subito dopo, guardò di sfuggita l'elegante orologio d'oro che indossava al polso.

'Sono molto presa anch'io col negozio, stiamo rinnovando l'arredamento e non ti dico il caos... sai cosa faremo?

In primis, appena sveglie al mattino ci concederemo insieme una fantastica colazione americana rigorosamente piena di grassi e calorie in eccesso! Cosa ne dici?'

'Che è super, zia! L'adoro!' E adoravo anche lei.

Il mio lavoro sarebbe quantomeno partito col piede giusto.

4

L'addetto della biblioteca centrale a cui mi rivolsi non fece una piega quando gli chiesi come accedere all'archivio dei quotidiani locali.

Mi fece strada verso il lato destro della grande sala in legno scuro e mi indicò una scrivania con diversi pc pronti all'uso. Per quanto io parlassi quasi perfettamente la sua lingua, si era sicuramente accorto della mia estraneità al luogo, ma questo non cambiava l'assoluta indifferenza nei miei confronti, né la sua disponibilità.

Los Angeles non era certamente una città provinciale e io l'amavo per questo.

La scrivania era vuota, a dire il vero tutta la biblioteca era semi deserta: erano le otto e trenta del mattino e io iniziai la ricerca.

Volevo rivedere tutta la storia dall'inizio, così come era stata raccontata dai giornali americani.

Purtroppo non potevo accedere al materiale ufficiale, non ora per lo meno, e la carta stampata era l'unica fonte che avevo a disposizione, anche se ovviamente avrei dovuto usare una buona dose di spirito critico e scremare il superfluo.

Lessi molto, tanto da farmi venire male agli occhi.

Me li stropicciai con forza e alzai lo sguardo verso la parete che avevo di fronte. Dopo qualche istante di nero totale, iniziai ad intravedere un grosso orologio digitale che, oltre a segnare l'ora, indicava anche il giorno e l'anno.

Erano le 13.07 del 4 settembre 2014.

Le coincidenze a volte sono strane, proprio per questo sono coincidenze.

Il primo caso di sparizione risultava essere stato il 25 maggio 2013. Il giorno del mio compleanno. L'ultimo caso il 26 agosto 2014, si trattava del tenente Mike. Tra il 25 maggio 2013 e il 4 settembre 2014 si erano verificate in tutto 24 sparizioni: 4 americani, 3 francesi, 4 tedeschi, 2 inglesi, 4 giapponesi, 2 spagnoli,
3 olandesi, ben 5 italiani.

Tutte a Bryce Canyon. Tutti scomparsi durante la notte.

Gli sventurati si erano coricati normalmente nelle loro stanze d'albergo e al mattino non c'era stata più alcuna traccia di loro.

Quando dividevano la camera con familiari o amici, nessuno di loro si era mai accorto di nulla. Semplicemente al mattino non li avevano ritrovati più nel loro letto.

E, incredibile, nessun compagno aveva mai sentito rumori, nessuno aveva mai visto luci, nessuno si era accorto di quando e come lo scomparso si fosse messo in moto, o fosse stato prelevato.

Nessun corpo era mai stato rinvenuto, malgrado indagini meticolose, e neppure resti di corpi: per quanto macabra, poteva essere un'opzione.

Sfogliando in cronologia, mi ero anche resa conto che nei primi sette mesi circa a tante sparizioni corrispondevano tanti titoli sui giornali, nonché approfondimenti e aggiornamenti periodici.

Non si accennava mai a possibili implicazioni terroristiche, probabilmente le indagini di cui mi aveva parlato Mariani erano rimaste top secret per non scatenare il panico generale. Comprensibile.

Gli articoli sulle sparizioni avevano spesso assunto toni allarmistici: qualche giornalista ipotizzava con orrore l'esistenza di nuove sette misteriose, altre volte si sottolineava il dilagare di una "moda" tra i turisti, all'eccessiva imprudenza, con conseguenti incidenti non identificati.

In questo senso si parlava di canyons particolarmente impervi, al di fuori dei circuiti turistici consueti e sicuri. Nei pressi di questi canyons sarebbe stato facile scivolare e cadere nel vuoto per centinaia di metri, e in questo caso non sarebbe stato possibile in alcun modo essere rinvenuti.

Avevo anche notato che nello scorrere dei mesi l'attenzione dei mass media verso i nuovi casi si era allentata, solo poche righe a piè di pagina.

L'incredibile era che la stessa sparizione del tenente Colduen, avvenuta solo una decina di giorni addietro, non sembrava aver sortito grande interesse. Questo mi sembrò davvero strano.

Perché?

Una forte morsa allo stomaco mi allontanò da quel pensiero.

Erano passate quasi cinque ore da quando mi ero seduta e avevo fame.

Mi alzai di scatto ricordando che avevo appuntamento con Megan, mia cugina, nonché figlia di zia Alex, per uno spuntino veloce.

Megan viveva da sola e lavorava in un rinomato centro commerciale, dove avremmo pranzato di lì a poco.

Uscii di corsa e presi un taxi al volo. Per fortuna a Los Angeles i taxi non mancano mai e in dieci minuti ero comodamente seduta davanti a un hamburger alto come un grattacielo.

Di fronte a me il viso dolce e sorridente di Meg, 'Hai un aspetto radiante,' le dissi prima di approcciarmi con avidità al mio pasto succulento.

'Grazie Vera, anche tu stai bene. Hai messo su un chiletto o due dall'ultima volta, o sbaglio?'

In effetti ero ingrassata rispetto all'ultima volta in cui ci eravamo incontrate, poco dopo la morte di mio padre. Me lo diceva con aria soddisfatta, come se volesse farmi un complimento.

Certo lei con le rotondità andava molto d'accordo. La sua figura era imponente, senza dubbio sovrappeso, ma nonostante questo era di una bellezza mozzafiato.

Aveva 28 anni e ne dimostrava 18.

Il viso era tondo e la pelle, gradevolmente tesa da quel tondo, era puntellata ai bordi del naso da sfumate lentiggini. Gli occhi scuri, impreziositi da una forma orientale, e il naso piccolo e regolare.

Le labbra non troppo sottili e non troppo carnose erano ben delineate e, soprattutto, sempre in modalità sorriso.

I denti bianchissimi, con una leggera fessura tra i due incisivi superiori che indica, si dice, fortuna.

Infine i capelli: castani, corti e pettinati con un caschetto irregolare, contornavano quel morbido tondo mettendo in evidenza i grandi occhi sinceri e luminosi, come in un cartone animato giapponese.

Ma la luce che emanava dallo sguardo di Meg proveniva dritta dall'animo.

Malgrado il suo corpo fosse a stampo "elefantino", come ironicamente diceva lei, era leggera e sensuale in ogni posa e in ogni movimento, e gli uomini la apprezzavano.

Era la mia cugina preferita, avrei detto più amica che parente, un vero tesoro di ragazza, semplice e sincera.

Ci volevamo un gran bene.

'Non vedevo l'ora di vederti Vera, io e la mamma parliamo sempre di voi, laggiù a Milano...'

Milano, nominata da Meg, sembrava lontana anni luce e piccola come un fagiolo.

'Sono solo di passaggio Meg, ma almeno ci possiamo salutare di persona invece di farlo tramite facebook, è già qualcosa non credi?!'

Sorrise passando sfiziosamente una mano nel ciuffo ribelle, e iniziò,

'Benedetto facebook! Qualche volta serve, è vero, ma ti dirò che la piega che ha preso mi sta nauseando. Non pare anche a te che sia diventato una mastodontica fiera di vanità e frustrazioni? E poi è quasi peggio di una droga!

Ma lo sai che gran parte dei miei amici si scordano di vivere nella realtà? È incredibile! Per un motivo o per l'altro sono sempre attaccati alla rete, quando camminano, quando mangiano, perfino quando guidano.

Se ne stanno a testa bassa con gli occhi sullo smartphone e non ascoltano quello che dici neanche quando li hai di fronte. È davvero seccante!' esclamò infine con grande enfasi.

'Hai proprio ragione Meg, condivido in toto,' Meg era sulla mia stessa linea d'onda, ma senza dubbio più plateale di me.

Decisi d'istinto di farle qualche domanda sulle sparizioni.

'Senti Meg, hai presente il caso delle sparizioni a Bryce Canyon? Ne hai sentito parlare?'

Mi bloccai un istante per scrutare la sua espressione, che non variò di una virgola. Allora continuai,

'Ecco, devo preparare un rapporto per lo studio in cui lavoro... sì, un lavoro barboso a fini didattici che serve per una pubblicazione del mio capo. Sai, adesso che è famoso si diverte a scrivere libri!'

Accennai una risatina per smorzare la portata dell'argomento.

'Vuole storie vere e recenti per imbastire esercizi investigativi accattivanti'

Mentre parlavo Meg stava gustando il suo dolce preferito, un enorme bignè al cioccolato e panna che avrebbe fatto resuscitare un morto.

Inghiottì con consapevole lentezza il morbido boccone e impostò un movimento di assenso col capo. Poi bevve un sorso d'acqua per aiutare la difficile deglutizione di quella prelibatezza e, corrugando la sua bella fronte normalmente liscissima, iniziò,

'Sì, certamente ne ho sentito parlare, anche se non ho seguito molto il caso a dire il vero, a parte una sera.

Era tardi e in televisione trasmettevano un programma, sai uno di quei talk show di attualità che, ci tengo a dirlo, di solito evito accuratamente, sono così "televisivi"! Capisci cosa intendo vero? Quasi imbarazzanti direi. Ma quella sera non avevo sonno...'

Sorrise timidamente, interrompendo il racconto. Seguendo il suo sguardo mi resi conto che stava flirtando con un tipo seduto in fondo al locale.

'Ma lo conosci?' le chiesi senza mezzi termini e con una punta di disapprovazione.

Su su Meg, concentrati sull'argomento, avrei voluto dirle, non distrarti con delle futilità. Il mio caso è moto più importante di un bel ragazzo'

'Certo che lo conosco, lavora nell'ufficio accanto al mio, ma è fidanzato purtroppo.'

Si strofinò la punta del naso come per chiudere un argomento spinoso e voltò nuovamente lo sguardo verso di me.

'Cosa stavo dicendo?'

'Parlavi del talk show... il caso delle sparizioni nei parchi...' la imboccai prontamente.

'Ah sì, certo. Ricordo che era ospite la famiglia di francesi coinvolta, madre, padre, figlio piccolo. La figlia maggiore era scomparsa, aveva più o meno 20 anni. Sì, sì, me li ricordo bene, erano disperati poveretti! Fecero anche un appello commovente. Ma sai cosa mi colpì più di tutto?'

'Cosa?' chiesi, incuriosita e impaziente di ascoltare la risposta.

'Be', fu la rappresentazione che fecero del carattere della ragazza, Sophie.

Raccontarono che aveva una natura molto sensibile, amava leggere e disegnare, era generosa e intelligente. Ma dissero anche che era molto diversa dalla maggioranza dei ragazzini della sua età, sì, nel senso che, per esempio, non si interessava per niente a cose come la moda o, che so, la tecnologia. Di contro amava fare lunghe passeggiate in montagna e nei boschi. Mi pare fosse proprio quella la sua vera passione. Pensa che non aveva mai voluto possedere un cellulare, cosa davvero strana, non trovi?'

Riflettei per pochi istanti.

'Sì. È senza dubbio una cosa curiosa. Però a quell'età spesso si vuole andare controcorrente, magari solo per farsi notare. Commentai lì per lì.

'Sì, sì, può essere come dici tu, certo. Comunque sia ne usciva il ritratto di una ragazza diversa dal mucchio e a me fece tenerezza. Mi aveva dato l'idea di un essere delicato e incompreso. A parte questo però non so dirti altro, mi spiace. Per questo oggi sei stata in biblioteca?'

Meg era veloce nel pensiero.

'Sì esatto cugina, cercavo del materiale. Ad ogni modo domani parto per Bryce Canyon e lì raccoglierò sicuramente qualche testimonianza più diretta. Speriamo che vada bene al capo! E poi...'

Mi fermai qualche istante, per creare un effetto suspense, e, alzando il tono di voce, ripresi:

'E poi... dulcis in fundo... ne approfitterò per fare qualche giorno di vacanza. Eh sì, un bel giretto nei parchi adesso non me lo toglie nessuno! Non li ho mai visitati e devono essere spettacolari. Confermi? Ho proprio voglia di distrarmi un po'!' conclusi con trasporto.

L'intenzione era giustificare una mia ulteriore permanenza nella zona.

'Brava Vera! Sìììì, fai benissimo! Soprattutto dopo tutte quelle ore di volo un contentino te lo devi pur prendere!'
Mi strizzò l'occhio. Sapeva bene che non amavo volare e mi prendeva bonariamente in giro.
'Ma è tardissimo!' Esclamò subito dopo incrociando gli occhi.
'Ci vediamo stasera a cena da mamma, ci sei vero?'
Si alzò di scatto infilandosi la borsa a tracolla e, ingranando la marcia, si piegò leggermente verso di me:
'Scusami tanto, cara, ma sono tremendamente in ritardo. Devo volare io adesso, ma sui tacchi!'
Mi schioccò un bacio sulla guancia e mi lasciò al tavolo senza aspettare risposta.

5

Il volo per Ceder City fu breve e indolore.
Presi un'auto a noleggio in aeroporto e guidai per circa due ore e mezza per raggiungere l'hotel che Mr. Mariani aveva prenotato per me dall'Italia.
Avrei soggiornato lì per qualche giorno, dopodichè avrei cercato una sistemazione più discreta. Questo, perlomeno, era il programma.
Si trattava di un albergo molto vicino all'entrata del parco, soli cinque minuti di auto. Avrei avuto modo di guardarmi intorno e di prendere confidenza col posto e con le persone, sempre che ce ne fossero.
Durante il mio viaggio incrociai solo due auto e nessun essere umano o animale a vista. Impatto shock!
Milano e Los Angeles sembravano appartenere a un altro mondo, anzi a un altro universo.
Forse perché ero sola su quell'auto che marciava lenta su quella strada infinita, ebbi la sensazione di vivere nei panni di qualcun altro e un senso di irrealtà mi pervase.
Ero frastornata dal viaggio, o ero ipnotizzata da quel luogo?
Un luogo che non avevo ancora messo a fuoco, ma che già mi stava parlando col suo silenzio.
'Benvenuta signora Spark,' esordì sorridendo un buffo omone che armeggiava dietro la reception; aveva la faccia simpatica ed era vestito in stile "cowboy".
Dopo aver ritirato il mio passaporto mi porse gentilmente una chiave.

'Lei è fortunata signora, le abbiamo assegnato la camera con la vista più bella, la più richiesta dai nostri clienti affezionati: camera vista laghetto. Starà benissimo vedrà, è molto silenziosa.'

Ancora il silenzio. Deve essere una specie di ossessione da queste parti, pensai.

Chissà se tutto quel silenzio mi avrebbe fatto bene, di sicuro non ci ero abituata.

'Grazie mille... David.'

Lessi il suo nome intagliato finemente su una piastrina in legno appuntata sul gilet di pelle che indossava sopra la camicia a quadri. Faceva un po' staff, ma anche molto country.

'Ho due valigie in macchina, qualcuno mi può dare una mano?'

Chiesi senza commentare la tiritera sulla stanza, non avevo molta voglia di fare conversazione.

'Certamente signora, se mi lascia le chiavi gliele faccio consegnare in camera. Lei non si preoccupi di nulla, si goda la vacanza e si ricordi che noi siamo a sua disposizione per ogni necessità.'

Concluse con estremo garbo indicandomi il corridoio di fronte.

'Prego, all'ascensore il ragazzo le farà strada.'

Voltai istintivamente lo sguardo nella direzione suggerita e vidi un ragazzino in divisa che, sorridendomi, faceva un cenno di accoglienza col capo.

Probabilmente quell'hotel costava parecchio. Dunque Mariani non aveva badato a spese!

Ma non ero nel mood giusto per gongolarmi: erano le cinque di pomeriggio, ero stanca e avevo una gran sete.

Non avevo bevuto una goccia d'acqua in tutta la giornata, dopo la copiosa colazione a casa di zia Alex.

Tra gli imbarchi, gli sbarchi, il volo e il viaggio in auto, mi ero completamente scordata del mio corpo, che ora gridava attenzione.

Entrai in camera e non appena il ragazzo che mi accompagnava si congedò con la mancia in tasca, cercai una bottiglia d'acqua nel frigobar. Mi avvicinai alla finestra col bicchiere stracolmo in mano e bevvi con impeto provando un senso di grande appagamento. Nel mentre, il mio sguardo spaziava oltre il balconcino.

David aveva detto il vero. Il paesaggio era stupefacente!

In primo piano, un piccolo laghetto immerso nel verde e, in fondo, le montagne, proprio come in una cartolina d'effetto: i colori e le forme della natura circostante erano davvero unici.

Rimasi senza fiato, non certo per colpa della sorsata d'acqua.

Poi notai qualcosa che si muoveva in lontananza, sulle pendici della montagna.

Sembravano animali, ma erano troppo distanti per capire di che animali si trattasse. Eppure dovevano essere grossi, considerando la distanza, forse dei cervi.

Mi vennero i brividi dall'emozione.

Con una piroetta mi girai e mi lasciai pesantemente cadere sul letto. Volevo prendermi un momento di relax e, senza accorgermene, mi addormentai.

6

Uno squillo incessante mi fece sobbalzare.

Il cellulare, che avevo appoggiato sopra il frigobar prima di dissetarmi, stava per cadere nel vuoto mosso dalla vibrazione che lo spingeva verso l'angolo del mobile.

Con la mente ancora offuscata dal sonno mi lanciai nella presa e riuscii ad afferrarlo un istante prima che cadesse.

Era Mr. Mariani!

Mi schiarii la voce,

'Buongiorno capo.'

'Ciao Vera, come stai? Sei arrivata in albergo? È tutto a posto?'

La sua voce era chiara e forte come se si trovasse nella stanza accanto.

'Sono arrivata da poco, l'avrei chiamata a breve, comunque sì, tutto a posto. Ho intenzione di iniziare domani aggregandomi a qualche escursione nel parco.' replicai prontamente per dimostrare che avevo un piano.

Mi sentivo sotto esame e volevo dare il meglio di me.

'Ottima idea Vera, allora teniamoci in contatto via mail. Appena puoi, apri la tua posta elettronica. Ti ho inviato delle indicazioni utili, mi raccomando seguile. A Los Angeles hai saputo qualcosa di nuovo?'

'Ho consultato la stampa, ma a dire il vero non ho concluso molto… sì, insomma, nessuna grossa novità rispetto al nostro rapporto. Piuttosto ho l'impressione che l'interesse per le sparizioni sia sceso negli ultimi tempi, credo che tutti siano convinti che si tratti di semplici incidenti dovuti a un eccessivo spirito di avventura. A quanto pare è di moda tra i turisti.'

'Va bene Vera, sei solo all'inizio, non ti scoraggiare e non trarre conclusioni affrettate. La mancanza di luci puntate gioca a nostro favore, a tuo favore. Ti potrai muovere più liberamente.'

'Certo capo, giusto.'

'Rispondi alle mie mail Vera e usa il telefono solo per le urgenze.'

Sentenziò nel suo miglior stile.

'Devo lasciarti mi chiamano, a presto allora.'

'A presto capo.'

E chiuse.

Mi guardai intorno frastornata. Cercavo le valigie, ma non le vedevo. Mi alzai dalla sponda del letto e aprii la porta, le valigie erano là.

Probabilmente le avevano portate mentre stavo dormendo e non avendo avuto risposta le avevano abbandonate sull'uscio. Le tirai dentro e aprii quella in cui avevo riposto il pc.

Fortunatamente c'era la linea wireless e m i precipitai a leggere la mail di cui mi aveva parlato Mariani.

---- Ciao Vera,
ti lascio alcune indicazioni importanti.

Prima di tutto ti chiedo di fingerti una scrittrice esordiente in cerca di ispirazione per un libro di avventura.

Questo ti permetterà di fare domande e di aggirarti nei dintorni a tempo indefinito senza incorrere in strane e

quanto meno inopportune curiosità nei tuoi riguardi.
Esordiente, ricorda, è importante!

In caso contrario dovresti essere conosciuta e la copertura cadrebbe.

Noi abbiamo provveduto a eliminare ogni prova della tua assunzione allo studio di investigazione, nel caso qualcuno abbia voglia di indagare, non si sa mai. Quindi sentiti libera e protetta.

Ti consiglio di fare visita alla stazione di polizia locale e, con la scusa del libro, di chiedere informazioni sul caso delle sparizioni, così, anche un po' ingenuamente. Ti prenderanno per una rompiscatole, ma è il minore dei mali.

Non so quanto riuscirai a scoprire, però avrai la possibilità di trovare degli spunti e magari qualcosa di buono ne potrà uscire, dipende anche da te. Ricorda che le persone spesso dicono le cose senza accorgersene, devi saper leggere tra le righe.

Per ora questo è tutto. Ci aggiorneremo via mail.

E ricorda di mettere una password sicura all'apertura del tuo pc.

Ciao e Buon lavoro ----

Una scrittrice esordiente? Era un'idea eccezionale! Bravo Mr. Mariani, la tua scaltrezza non si smentisce mai.

Mi piaceva l'idea di fingermi una scrittrice, dava un certo tono e poi io ero un'accanita lettrice, potevo immedesimarmi senza difficoltà.

Feci una doccia e mi cambiai.

La temperatura era ancora piacevole e indossai una t-shirt e un paio di pantaloni freschi. Li tirai fuori sfilandoli senza disfare tutto, non avevo voglia di mettere mano alla valigia, più che altro avevo fame e scesi di filata nella hall.

'È possibile cenare in hotel?'

Chiesi al cowboy David che trovai al suo posto dietro alla reception, col sorriso stampato sulle labbra.

'Certo signora Spark, scenda la scala in fondo al corridoio e troverà il nostro rinomato ristorante, là potrà gustare ottimi piatti locali. Stanno iniziando a servire proprio adesso, avviso di prepararle un tavolo.'

'Grazie mille David,' gli sorrisi anch'io questa volta, dopo una bella dormita il mio umore era migliorato.

Nel dirigermi verso la scala vidi in un angolo un gruppetto di turisti chiassosi, alcuni seduti, altri in piedi. Sembravano appena arrivati.

Alcuni avevano in mano dei bicchieri e sorseggiavano beati qualcosa che assomigliava a succo di frutta, altri si guardavano intorno con aria spaesata.

Un bel ragazzo dalla pelle ambrata e dai lineamenti marcati era seduto dietro a un piccolo desk di rappresentanza e spiegava loro cosa avrebbero potuto fare l'indomani. Si trattava sicuramente di un ranger.

I nostri sguardi si incrociarono per un istante fugace e io ne rimasi colpita: i suoi occhi erano belli, intensi.

Raggiunsi il ristorante, mi sedetti al tavolo che mi era stato riservato e iniziai a leggere il menu, ma mi resi conto che non riuscivo a concentrarmi. Avevo in testa gli occhi di quel ragazzo.

Improvvisamente avvertii alle mie spalle una presenza, il cameriere pensai, e alzai lo sguardo.

'Buona sera, posso sedermi con te?'

Non era il cameriere, era il ragazzo dagli occhi intensi! Trattenni a stento il mio stupore, o sperai di averlo fatto.

'Certo, prego.'

Risposi con gentilezza riappoggiando sul tavolo la lista del menù.

'Chiedo scusa se disturbo la cena, immagino che tu sia arrivata oggi al Lodge, hai fatto buon viaggio?'

'Sì, sono arrivata nel pomeriggio infatti, tutto bene grazie. Devo solo ambientarmi…'

I suoi occhi, visti da vicino, erano ancora più intensi e mi sentii quasi imbarazzata da quello sguardo profondo.

Notai anche che aveva una postura perfetta, spalle aperte, testa alta.

Dava l'idea di essere molto sicuro di sé e aveva un bellissimo sorriso, da spot pubblicitario.

'Fortunatamente per te, non fai parte dei gruppi organizzati!'

Commentò il ragazzo con tono ironico accennando un sorriso, e continuò,

'Ho controllato la lista degli arrivi. Ero preoccupato di aver perso qualcuno, sai com'è, il primo giorno è sempre un po' destabilizzante e capita spesso che qualcuno si addormenti in camera e perda gli incontri di orientamento.'

'Be, in effetti io mi sono addormentata e, a dire il vero, sono anche un po' destabilizzata. Ma viaggio sola.'

Il ragazzo sapeva il fatto suo.

'Mi sono permesso di disturbarti per farti sapere che se volessi fare qualche escursione nel parco, puoi comunque aggregarti ai gruppi in partenza dal Lodge. Domani, per esempio, partiremo alle otto del mattino e torneremo in albergo in tempo per il pranzo. È un'escursione davvero bella, la più richiesta. Si visitano i punti più caratteristici del parco.'

Il cameriere nel frattempo si era avvicinato al tavolo. Salutò il ragazzo dagli occhi intensi in una maniera che faceva presumere una certa familiarità.

'Tutto bene Nick?'

Il suo nome dunque era Nick. Poi si rivolse a me,

'Signora, vuole ordinare?'

'Si grazie, mi porti il vostro piatto della casa e una bottiglia di acqua naturale, grazie.'

Non avendo avuto modo di leggere la lista mi buttai sul piatto forte, sperando in bene.

'Ottima scelta,' disse Nick, e la cosa mi confortò.

'È interessante questa escursione...' continuai io.

'... in effetti volevo iniziare subito a visitare questo posto incantevole. Direi proprio di sì, mi aggrego volentieri.'

'Benissimo signora...'

'Vera,' dissi io rompendo le formalità, 'solo Vera, piacere.'

'Nick, piacere mio. Penso io all'iscrizione allora, non ti preoccupare di nulla se non di essere puntuale alla reception alle otto di domani mattina. Provvedo a richiedere la sveglia telefonica in camera se preferisci.'

'Sì, fantastico Nick, ottima idea. Grazie.'

'Perfetto, a domani allora.' concluse e si alzò.

Fece due passi, poi si voltò di scatto e tornò indietro con un balzo.

'Scarpe comode, cappello e occhiali da sole,' aggiunse con tono perentorio, ma sorridendo. Poi se ne andò definitivamente con passo veloce e sicuro.

Mi rallegrai pensando che le cose stavano girando per il verso giusto.

Senza alcuno sforzo ero già iscritta all'escursione nel parco, e il ranger era stato davvero gentile con me.

Ma in fondo era il suo mestiere.

In pochi istanti arrivò anche la mia cena. Il piatto forte era un triplo hamburger con salse e verdure, molto diverso da quello che avevo mangiato a Los Angeles con la cara Meg.

Questo era nostrano, sicuramente non era roba surgelata, e me lo gustai fino in fondo.

Una volta in camera mi dedicai alle valigie.

Sistemai per bene tutto nell'armadio e tenni separati gli indumenti che avrei usato l'indomani.

Un paio di calzoncini corti color verde militare, calzini bianchi di cotone stile palestra e una t-shirt rosa antico che dava un tocco di femminilità a quel mix.

Le scarpe da ginnastica bianche in tessuto tecnico leggermente luminescente erano Guess, con collo alto, comodissime.

Infine un cappellino con ala, sempre color verde militare, e occhiali da sole maculati con lenti scurissime. Ok poteva andare, pensai soddisfatta. Ma in fondo si trattava di una semplice escursione in un parco!

Forse avevo dato troppo peso alla scelta dell'abbigliamento e mi sentii terribilmente ridicola per averlo fatto: condizionamento di stampo prettamente italiano, pensai sorridendo tra me e me. E mi perdonai di buon grado quella vanità. Uno sguardo al buio pesto fuori dalla finestra e poi di volata nel letto con in mano volantini informativi e piantine su Bryce Canyon.

Mi arrotolai bene sotto le coperte. L'escursione termica era notevole e il riscaldamento non funzionava a pieno regime.

Iniziai a leggere, volevo essere preparata per l'escursione. Come un robot cercai di mettere a fuoco solo i punti salienti, eliminando i fronzoli:

Bryce Canyon è un piccolo parco nazionale situato nel sud-ovest degli Stati Uniti nello stato dello Utah. Bryce Canyon è celebre per i caratteristici pinnacoli, gli hoodoos, prodotti dall'erosione delle rocce sedimentarie fluviali e lacustri, erosione dovuta all'azione di acque, vento e ghiaccio. Le rocce hanno un'intensa colorazione che varia dal rosso, all'arancio, al bianco. Il Bryce ha una superficie di 145 km² ed un'altitudine che varia tra 2400 m e 2700 m.

Alla fine dell'era glaciale popolazioni preistoriche usavano questa zona come riserva di caccia e così anche gli antichi abitanti dei Pueblo, gli indiani Paiute raccoglievano pinoli e organizzavano cacce al coniglio su vasta scala. I pionieri mormoni portarono l'acqua dal plateau alla valle sottostante scavando un canale di irrigazione lungo 16 km, che permise lo sviluppo dell'agricoltura in quest'area altrimenti arida.

Qui mi dilungai a leggere una curiosità:

Gli indiani Paiute iniziarono ad utilizzare la regione del Pansaugunt Plateau come riserva di caccia stagionale e come luogo di raccolta, ma non crearono mai insediamenti permanenti. Il popolo Paiute elaborò una leggenda secondo la quale prima della comparsa degli indiani i **'Legend People'** *(To-when-an-ung-wa) vivevano nel Bryce canyon, erano in molti e di diverso tipo, uccelli, lucertole e altri animali, ma nessun uomo. Per qualche ragione questi Legend People erano malvagi, così il dio Coyote li trasformò tutti in sassi e si possono vedere ancora oggi come pinnacoli del parco, le loro facce colorate di rosso tramutate in roccia.*

Mi sembrò di vedere il 'legend people' muoversi nell'oscurità degli angoli più sinistri del parco e un Dio Coyote che scendeva improvvisamente dall'alto e riduceva il tutto in pietre rosse...
Mi venne da ridere, ma era senza dubbio un'immagine suggestiva.
Chiusi tutto, compresi gli occhi, e mi addormentai.

7

Scesi le scale di corsa e mi trovai nella hall quasi senza fiato.

La sveglia telefonica predisposta da Nick aveva fatto il suo dovere, io però avevo richiuso gli occhi per godermi ancora qualche attimo di sonno e questo mi era costato una gara contro il tempo per arrivare puntuale all'incontro. Fortunatamente erano tutti là. Mi avvicinai.

Più o meno una ventina di persone stazionava davanti alla reception.

In mezzo a loro un uomo in divisa blu con una cartelletta in mano era intento a spuntare i nomi. Non era Nick!

Un senso di sconforto mi pervase, ma mi feci varco e mi presentai.

L'uomo spuntò anche il mio nome.

'Non è Nick ad accompagnarci?' chiesi senza esitazione.

'No signora, Nick ha avuto un contrattempo, lo sostituisco io. Il mio nome è Paul.'

Malgrado l'uomo mi avesse risposto molto gentilmente, non potei esimermi dal fare il paragone.

Paul era basso di statura e cicciotto, capelli di un biondo scialbo e un grosso naso aquilino. Niente a che vedere con Nick.

Si girò e rigirò ficcando lo sguardo un po' dappertutto, poi alzò il braccio con la cartelletta in mano e la sventolò con vigore. 'Attenzione per favore!' Tutti si voltarono verso di lui.

'Vi prego di salire sul pulmino bianco parcheggiato fuori col cartello Queens/Navajo Combination Loop, e di attendermi a bordo. Vi consiglio di fornirvi di almeno due o tre bottigliette d'acqua a testa. Vi raggiungerò tra pochi minuti. La nostra escursione durerà 4 ore circa.'

Passai a ritirare la mia acqua al bar e poi uscii in direzione pulmino.

Non avevo ancora focalizzato i miei compagni di gita, quando una ragazza dall'aria timorosa mi si avvicinò.

'Posso sedermi vicino a te? Sono sola e vedo che tutti gli altri sono già in gruppo, a parte te, giusto?'

'Certamente. Sì, sono sola anch'io.'

Risposi in automatico, avevo la testa ancora tra le nuvole.

Io non mi ero ancora resa conto di chi avessi intorno e quella ragazza aveva già scandagliato tutti.

Sarebbe stata meglio lei come investigatrice, pensai infastidita.

Ci sedemmo negli ultimi posti in fondo, come fanno gli studenti più indisciplinati durante le gite scolastiche.

'Mi chiamo Mary, sono greca.'

La osservai: aveva i capelli castani scuri, la pelle leggermente olivastra e grandi occhi verdi, di un verde chiaro, trasparente.

'Io sono italiana,' ci ripensai e mi corressi, 'italo-americana. Mi chiamo Vera.'

Tirai fuori dallo zaino una bottiglietta d'acqua e ne bevvi un sorso.

In camera avevo ingurgitato qualche biscotto mentre mi vestivo, quelli che mi erano avanzati dal catering del volo. Avevo sempre bisogno di zuccheri al mattino.

'Hai fatto colazione Mary?'

Chiesi alla ragazza giusto per iniziare una qualche conversazione.

'No. Non avevo fame, ma nello zaino ho qualche barretta di cioccolato per dopo.'

Anche in fatto di organizzazione mi batteva.

Nel frattempo il Signor Paul era salito e si era seduto vicino all'autista e il pulmino partì.

Il brusio di fondo venne improvvisamente interrotto da una voce registrata che dava il benvenuto e spiegava che in pochi minuti saremmo entrati nel parco. La luce fuori non era ancora piena, ma era sorprendentemente brillante e il cielo era terso. Mi guardavo intorno mentre la voce registrata continuava a dare informazioni.

Avremmo affrontato la discesa da Sunset Point e saremmo risaliti da Sunrise Point, dove il dislivello è più dolce. Tutti avrebbero affrontato con facilità la passeggiata.

Ci raccomandava di stare sempre in gruppo e non prendere mai sentieri diversi da quelli che ci avrebbe mostrato la guida. Avremmo ammirato i famosi "hoodoos".

La sera prima, nel letto, avevo dato una veloce scorsa alle escursioni proposte ed erano davvero tante.

Si potevano scegliere in base alla preparazione fisica e al tempo che si aveva a disposizione.

La gran parte dei turisti percorreva il parco sulla propria auto, dall'entrata all'uscita in una soluzione unica, guidando sempre sulla via principale da cui si poteva facilmente accedere ad alcuni dei punti più spettacolari con pochi passi, dopo aver accostato l'auto. Questa era la modalità più usuale.

Ma per chi voleva approfondire c'erano combinazioni di ogni genere e difficoltà che presupponevano passeggiate a piedi. Dall'alto, dal basso, in combinazione, con pendenze più o meno forti.

Si poteva anche partecipare a un'escursione di due giorni con lunghe camminate e con pernottamento in campeggio. Questa escursione necessitava di permessi e registrazioni speciali.

C'erano poi escursioni a cavallo e escursioni notturne per ammirare le stelle.

Io stavo partecipando a una delle escursioni più classiche e più richieste per inoltrarsi adeguatamente nel parco senza incorrere in particolari difficoltà.

Per iniziare era perfetta.

Il pulmino si fermò.

Mary si era alzata e aspettava in piedi il suo turno per la discesa. Nel mentre, cercava nervosamente qualcosa nel suo zainetto color rosso fuoco.

Notai allora che aveva un singolare tatuaggio sul polso: una piccola chiave di violino.

Mentre stavo per alzarmi anch'io, qualcosa cadde a terra, proprio davanti ai miei piedi. Era una fotografia.

La raccolsi e vidi che ritraeva lei, Mary, sull'uscio di una casa rurale con muri bianchi.

La ragazza cingeva col braccio una donna anziana dallo sguardo dolce e assonnato.

'Ehi, ti è caduto qualcosa,' gliela porsi.

Mary la ritirò velocemente ringraziandomi e la infilò nuovamente nello zaino rosso.

Scendemmo dal pulmino e ci incamminammo insieme agli altri, seguendo la guida.

Camminammo per circa tre ore fermandoci spesso ad ammirare i paesaggi, e io scordai chi fossi e perché mi trovassi lì.

Quei pinnacoli accavallati gli uni sugli altri sapevano di fantascienza, quegli anfiteatri naturali erano delle opere d'arte a cielo aperto.

Mi sentii piccola in un mondo nuovo straordinariamente vasto e, camminando, cercai di isolarmi mentalmente da tutti.

Volevo apprezzare al meglio ogni visuale di quello spettacolo senza dover ascoltare i commenti degli altri.

Avrei voluto essere sola e in silenzio davanti a quel regno da favola!

Iniziai a calibrare un passo leggermente più lento rispetto a quello del gruppo, in modo da averlo sempre davanti a me, ma a una certa distanza: fu un'esperienza unica e senza accorgermene mi ritrovai di ritorno, davanti al pulmino.

Il Signor Paul iniziò a fare la conta.

'Mary, Mary... Mary Bayartaki? Risponda per favore! Mary...'

Drizzai subito le antenne. Cosa stava succedendo? Perché la guida ripeteva lo stesso nome più volte?

'Qualcuno ha visto la ragazza greca con gli occhi verdi? Per favore!'

Mi guardai velocemente intorno a 360 gradi.

Vidi Mary. Era lontana, ma la riconobbi dallo zaino rosso fuoco.

Camminava sola, su un sentiero laterale rispetto a quello da cui eravamo arrivati noi.

Signor Paul!' gridai 'Mary è là,' e, alzando il braccio, indicai la ragazza.

Lui corse avanti e puntò gli occhi nella direzione giusta.

Poi fece un grosso sospiro di sollievo e si asciugò la fronte con una bandana sbuffando ripetutamente e imprecando.

Quando Mary arrivò al pulmino sembrava molto provata, ma ciò non impedì a Paul di riprenderla con determinazione davanti a tutti.

'Signora Bayartaki, è per caso impazzita? Non si deve mai abbandonare la guida e il gruppo! Lo abbiamo detto più volte, se ne ricorda?'

'Sì, sì, ha ragione, e mi scuso. Davvero, mi spiace tanto, ora sono qua però. È tutto a posto, stia tranquillo. Chiedo scusa a tutti.'

Parlava senza scomporsi, ma io notai che aveva uno sguardo strano, come imbambolato.

'Adesso saliamo tutti sul pulmino per favore Signori, avanti!' Paul era visibilmente contrariato.

Una donna di mezza età si avvicinò a Mary e la prese per mano.

'Sta bene cara? È confusa? Forse il caldo le ha fatto girare la testa?

Sono un medico, sa. Può capitare in queste circostanze, abbiamo camminato parecchio tempo sotto il sole,' mi avvicinai per sentire meglio.

'Sì. È successo proprio così,' farfugliò la ragazza e poi, con tono incerto, continuò, 'in realtà ho visto un sentiero che mi ha incuriosita, volevo solo dare un occhiata e mi sono inoltrata per qualche passo e poi, non so... improvvisamente ho avuto un capogiro molto violento, una specie di svenimento. Non ho fatto colazione questa mattina, forse per quello... sì, devo aver perso l'orientamento per un attimo, solo per un attimo.' concluse impacciata. Notai che le tremavano le braccia.

'Stai tranquilla cara, ora rientriamo in albergo. Mangerai, ti riposerai e starai di nuovo bene. Hai sicuramente avuto un calo di zuccheri, niente di più facile in queste circostanze.'

La signora le sorrise con amorevolezza e le porse una bottiglietta d'acqua.

'Bevi, ti farà bene.'

Per un istante mi ero allarmata pensando alle sparizioni.

Ma no. Sono cose che capitano durante le escursioni e Mary effettivamente mi aveva detto di non aver fatto colazione.

Stavolta si sedette vicino alla sua nuova, rassicurante amica.

Non appena fui in camera presi il pc e lo accesi.

Forse Mariani mi aveva mandato qualche nuova comunicazione importante, dovevo tenere monitorata la posta elettronica, me lo aveva raccomandato.

Non trovai nulla.

Decisi allora di andare a mangiare qualcosa fuori dall'albergo, presi la macchina e mi diressi verso Bryce City.

David, alla reception, mi aveva indicato la direzione da prendere una volta lasciato il parcheggio.

Guidai per pochi chilometri, cinque o sei al massimo, quando sulla mia destra apparve un grande arco di legno con un cartello che pendeva dall'alto: c'era scritto "Old Bryce Town".

Accostai e parcheggiai. Il colpo d'occhio fu suggestivo.

Tutte le costruzioni erano basse e rigorosamente in legno scuro, non erano poi molte. C'erano pochi alberi alti ai margini dalla strada e tanta terra polverosa dappertutto.

Qua e là gruppetti di persone in movimento lento, sicuramente turisti a zonzo.

Entrai nel primo locale di ristorazione che mi si presentò, una steak house che rispecchiava in tutto e per tutto lo stile western. L'aspetto era quello di un vecchio capannone e dentro c'erano tavoli di legno rotondi posti alla rinfusa. Si mangiava a buffet.

Bene, avevo molta fame e non volevo aspettare un attimo in più, quindi mi accostai al bancone per scegliere e, in quel mentre, sentii una mano appoggiarsi sulla mia spalla. Con uno scatto mi girai e vidi Nick, il ranger dagli occhi intensi.

8

'Salve Vera, ti è piaciuta l'escursione?'

'Ciao Nick, mi hai spaventata!'

Non mi aspettavo quell'apparizione improvvisa e avevo sussultato.

'Sì, sì, mi è piaciuta moltissimo. Credevo che ci avresti accompagnato tu...'

Lasciai la frase a metà e rivolsi di nuovo lo sguardo al bancone.

'Ho avuto un contrattempo, ma Paul mi avrà sostituito egregiamente. E poi il parco parla da solo, non trovi? Se posso mi siedo a pranzare con te ...' questa volta lasciò lui la frase a metà.

'Certo Nick, mi fa piacere un po' di compagnia,' sorrise compiaciuto.

Ci servimmo e iniziammo a mangiare le nostre succulente bistecche corredate da invitanti patatine fritte.

Nessuno parlò. Nick era pensieroso.

'Spero niente di grave, il tuo contrattempo...' aspettò qualche istante prima di rispondere.

'Grave non si può dire, piuttosto, impegnativo,' si schiarì la voce e continuò, 'si tratta di mio nonno. È molto anziano, ha quasi 90 anni e ha bisogno di assistenza. Lui ha solo me e io ho solo lui.'

Giurai di aver visto i suoi begli occhi scuri diventare lucidi per qualche istante.

'Capisco,' farfugliai imbarazzata per quella confidenza, 'scusa se mi permetto Nick, sei di origine indiana?'

'Si, lo sono per metà, mio padre era indiano. Lo abbiamo perso dieci anni fa e proprio allora suo padre, il nonno appunto, si è ammalato.' fece una pausa, 'Da cosa lo hai capito?'

'Non so, un'intuizione, dal taglio dei tuoi occhi credo... mi spiace, per tuo padre intendo. Anch'io ho perso il mio.'

'Ora ti posso fare io una domanda?

D'un tratto mi allertai.

'Come mai viaggi da sola?'

'Sto cercando ispirazione per il mio libro,' risposi come se fosse la cosa più naturale di questo mondo.

'Uh-uh, sei una scrittrice?' la domanda era secca e diretta.

'Lo vorrei diventare,' risposi cercando un atteggiamento di umiltà, 'è il mio primo libro, sono un'esordiente. Ho in mente una bella storia d'avventura ma non chiedermi altro Nick ti prego, per scaramanzia!'

'Chiaro, chiaro! Non ti chiederò nulla allora, mai più!' rise di gusto e, dopo una pausa calibrata, riprese, ma stavolta con tono molto serio, 'Qui troverai sicuramente quello che cerchi Vera, ma solo se riuscirai a distaccarti dai tuoi panni di donna occidentale. Sono panni ingombranti. Ti dovrai calare invece nei panni di semplice essere umano nella natura.

Non è semplice per voi... me ne rendo conto. Ma ce la si può fare.'

Concluse strizzandomi l'occhio.

Per voi? Lui quindi si riteneva diverso da noi, gente occidentale.

Aveva parlato con sicurezza, come se conoscesse una verità assoluta.

'Tu mi puoi aiutare a farcela?' buttai lì. Mi ero sentita sfidata.

Mi guardò stupito, 'Lo vuoi davvero?'

'Sì, credo proprio di sì!'

Ribattei all'istante in una sorta di ping-pong verbale.

'Nel bene e nel male?'

Continuò lui puntando i suoi occhi profondi nei miei.

'Così però mi spaventi, Nick,' esitai.

'No, no, non c'è nulla di cui spaventarsi, credi. Ecco... consideralo come un matrimonio!' esclamò visibilmente divertito, e mi fece di nuovo l'occhiolino, 'Si intende, non con me, con la natura che ci circonda!' sorrise con pacatezza, 'Il trucco c'è, ed è fidarsi. Semplicemente.'

Lo ascoltavo attonita, tra il divertito e l'infastidito. Se mi fossi potuta guardare in faccia, probabilmente avrei visto due occhi spalancati a palla, i miei!

Esitò un attimo e, dopo uno sbuffo, continuò:

'Così per lo meno dice il nonno e lui se ne intende di queste cose, ci puoi giurare!'

Concluse quindi con aria soddisfatta e si versò un bicchiere di birra come per brindare al lieto finale.

'Interessante... e cos'altro dice il nonno?'

Chiesi immediatamente per non troncare lì quel discorso, che iniziava a stuzzicare la mia curiosità.

'Be', il nonno dice che bisogna lasciarsi andare, bisogna accettare le situazioni impreviste e irrazionali confidando sempre e comunque in un'entità superiore che ci vuole bene.'

'Un esperienza ascetica?' commentai io con una punta di ironia per sdrammatizzare quel concetto decisamente impegnativo, 'Meditazione profonda al cospetto della natura?

Il mio insegnante di Yogi ne sarebbe estasiato.

Sì, credo proprio di potercela fare,' conclusi e aggiunsi, 'ma solo se mi aiuti tu Nick.' ora mi sentivo audace.

'D'accordo allora,' replicò lui e appoggiò con vigore la sua mano sul dorso della mia come si fa per sancire un impegno importante.

Era nata un'intesa?

'Bene Vera, come prima cosa faremo un'escursione notturna per l'osservazione delle stelle. Ti darà la spinta necessaria per iniziare col piede giusto.'

'Meraviglioso! E quando,' esclamai quasi esultando. Mi sentivo già impaziente ed era più di quello che speravo.

Nick tirò fuori dal suo borsello una minuscola agendina nera e la consultò.

'Per me può andare bene già domani sera. Posso chiederti quanto tempo ti fermi?'

'Ummm, a dire il vero non so ancora esattamente...'

Esitai cercando con gli occhi un punto di riferimento che mi aiutasse nella formulazione di una frase generica ma che avesse anche con un senso compiuto.

'Credo una decina di giorni, ma dipende da certe cose. Intanto vorrei spostarmi dall'hotel, ho bisogno di una sistemazione più discreta e indipendente. Anzi, magari tu mi puoi indicare qualcosa in zona? Non importano i fronzoli, basta che sia pulito.'

Nick si alzò improvvisamente dal tavolo e stazionò in piedi per un attimo senza parlare.

'Sì, certamente, e ho già in mente qualcosa che potrebbe fare al tuo caso. Vedo se c'è posto e poi ti spiego meglio.' era sempre molto reattivo e veloce. Mi piaceva la sua energia.

'Scusa, ora devo correre dal nonno, si starà chiedendo che fine ho fatto! Ti vorrei incontrare questa sera alle nove e mezza in hotel, nella sala del caminetto. Cosa ne dici?'

'Perfetto, a dopo allora. E grazie di tutto.'

Se ne andò facendo un gesto d'intesa al ristoratore. Dopo aver pagato uscii anch'io dal locale e mi rilassai con una breve passeggiata nel paese, ma, sopraffatta dalla stanchezza, tornai in albergo.

9

In camera controllai nuovamente la posta elettronica. Ancora nulla.

Mi addormentai e quando aprii gli occhi erano già le 18.30. Scesi nella hall e mi guardai intorno per individuare la stanza del caminetto di cui mi aveva parlato Nick.

Dopo aver perlustrato invano in ogni direzione, la trovai in fondo a un corridoio strettissimo sulle cui pareti erano appesi in grande quantità dipinti in stile naif che raffiguravano boschi e animali.

L a stanza era calda e accogliente: divani colorati e morbidi pouf si intervallavano formando un semicerchio che, al centro, proponeva un grande camino in pietra su cui svettava un'imbalsamatura completa di grandi corna.

Immaginai come sarebbe stato d'effetto quel camino acceso, nelle serate invernali più fredde.

Nella stanza c'erano parecchi ospiti in totale relax.

Notai in un angolo la signora che aveva rassicurato la ragazza greca durante l'escursione, era seduta da sola con un libro in mano. Mi avvicinai.

'Buona sera signora, ha notizie della ragazza greca... Mary?

Sta meglio?'

La signora abbassò il libro e, spostando gli occhiali sulla punta del naso, mi guardò con aria perplessa.

'Ero seduta accanto a Mary nel percorso di andata, sul pullmino...'

'Ah sì, certamente! È stata lei ad avvistarla da lontano quando si è persa,' si rammentò.

'Povera ragazza era così scossa! Al rientro l'ho accompagnata nella sua stanza e l'ho visitata, aveva la pressione bassa, ma stava benone. Sa, io viaggio sempre con gli strumenti del mestiere, è un dovere per quanto mi riguarda... e per fortuna niente di grave stavolta.' concluse dandosi una certa importanza.

'Bene. Ero in pensiero per lei. Ho visto che tremava.'

La signora sospirò e riprese

'Quella ragazza è molto sensibile, per non dire esaurita... mi capisce?'

Non commentai.

Non mi era mai piaciuto quel genere di etichette appioppate gratuitamente alle persone, in mancanza di argomentazioni valide. E, forse, la dottoressa avvertì la mia perplessità.

'Lo dico perché mentre la visitavo mi ha confidato che sta vivendo un periodo a dir poco difficile. Ha perso il lavoro da un anno e non è riuscita a rimpiazzarsi malgrado parecchi sforzi, in più ha una madre anziana che da quando ha perso il marito vive ogni situazione con grande ansia e si è attaccata a lei in maniera eccezionale, quasi morbosa.

Mi ha anche detto che l'ultima cosa che vorrebbe è caricare la madre dei suoi guai e delle sue preoccupazioni, ma vivendo con lei non ci riesce, povera ragazza. E si può ben capire, una delusione profonda è difficile da nascondere a chi si ha accanto!'

Esclamò con trasporto, come se fosse un argomento a lei ben noto,

'Mary ha deciso di fare questo viaggio proprio per venirne fuori. Sì, per cambiare prospettiva, per reagire e, possibilmente, per tornare a casa più serena. Capisce?'

'Capisco.' convenni. Ed era comprensibile in effetti.

'Mi ha anche raccontato che spesso ha dei capogiri, come delle vertigini.

A quanto dice per un problema alla vista che non riesce a risolvere e che la fa molto tribolare.'

Poi di botto si zittì.

Toccava la copertina del libro che teneva appoggiato sulle ginocchia e sfiorava lentamente con le dita il profilo del titolo in rilievo, come se stesse riflettendo su qualcosa da dire. Infatti riprese,

'A parte questo, una cosa mi ha lasciata perplessa, se devo essere sincera. La ragazza aveva uno sguardo strano, come trasognate, ecco... sì, sembrava incantata...'

'Be, tutto è bene quel che finisce bene!' esclamai prontamente per chiudere il discorso, ma ricordai di aver notato quello sguardo in prima persona.

Nel frattempo mi ero seduta su una grossa poltrona rivestita di velluto color verde salvia, comodissima, e avevo allungato le gambe per rilassarmi.

Dalla mia posizione vedevo la porta d'entrata della stanza e intravidi la ragazza greca che veniva dritta verso di noi.

'Eccola!' esclamai tirandomi su di scatto e riacquistando una postura corretta.

La signora si girò e, con un gran sorriso, le fece un cenno di saluto con la mano.

Appena fu vicina a noi le chiese come stesse e lei rispose che si era ripresa completamente grazie a un bel sonno ristoratore.

'Bene, allora io vado a fare due passi,' dissi per congedarmi da loro. Il sole stava tramontando e volevo godermi lo spettacolo. Mi alzai.

'Ti posso accompagnare?' domandò la ragazza rivolgendosi a me con un gran sorriso.

Dunque le ero proprio simpatica!

'Certo Mary, faccio solo due passi fuori, ma se ti fa piacere vieni pure con me.'

Lei annuì e ci allontanammo dalla signora, che riprese a leggere il suo libro.

Non appena uscite dalla hall dell'albergo Mary mi si accostò, 'Sai Vera, mi è successa una cosa strana stamattina, ma non l'ho detto a nessuno. Ho paura che mi prendano per matta.'

'Ah si? E di cosa si tratta?' le chiesi d'istinto, anche se non capivo perché lo stesse raccontando a me.

'Quando ero in quel sentiero... sai quel sentiero in cui mi sono persa... ho visto un animale, una specie di cervo senza corna, ma con delle grosse orecchie.'

Parlò tutto d'un fiato, poi si bloccò. Deglutì come se stesse ingoiando un rospo e riprese

'L'animale mi si è avvicinato con passo lento e sinuoso e, ti confesso, mi sono spaventata, era grosso! Avrei voluto indietreggiare ma incredibilmente io non riuscivo a muovermi... sì, ero come incollata a terra e lui mi ha raggiunta.'

Fece di nuovo una pausa e si appoggiò a una staccionata, vacillando leggermente.

Il suo sguardo ora era fisso nel vuoto e notai in quel momento quanto fossero particolari i suoi occhi. Tristi di fondo, ma anche intriganti, d'un verde chiaro e trasparente. Proprio come il mare della sua terra.

'Gli animali di solito non ti guardano negli occhi, giusto?' se cercava una conferma non l'aspettò, 'Quell'animale, ti assicuro Vera, mi ha guardata diritta dritta negli occhi.'

'Che bella cosa! Emozionante. Non avevi la macchina fotografica con te?'

'No. Ma non è questo il punto.'

'Cioè?'

Esitava.

'Non preoccuparti Mary, non ti prenderò per matta se è questo che temi,' aggiunsi in tono amichevole.

'Be... ok allora... dicevo, durante quei pochi istanti ho avvertito qualcosa di strano dentro di me, come un profondo senso di pace, di serenità, di completezza. Io... io non avevo mai provato una sensazione così prima. Credimi. È difficile da descrivere a parole, ma era una sensazione unica, eccezionale.'

D'un tratto lo sguardo trasognato fece capolino e io mi allarmai. In fin dei conti quella ragazza era una perfetta sconosciuta per me. Avrebbe potuto essere davvero pazza, o drogata, imbottita di psicofarmaci o altro ancora, e quello che mi stava dicendo era molto, troppo originale.

Non sapevo come reagire e decisi, come mio solito, di sdrammatizzare.

'Be' Mary, forse gli animali qui in America sono diversi!'
Lei non reagì, e pensai di cambiare tattica,
'A parte gli scherzi, penso che sia un'esperienza unica il contatto con la natura, senza infrastrutture intendo. Vedere gli animali nel loro habitat naturale di certo non è la stessa cosa che vederli dietro le sbarre di uno zoo, non trovi?'
Mary scosse la testa. Non avevo ancora centrato il tema.
'Comunque, se questo incontro ti ha turbata così tanto secondo me dovresti ripeterlo. È l'unico modo per ridimensionare il tutto,' conclusi grazie a un'illuminazione repentina, e le battei amichevolmente la spalla con una mano nell'intento di darle coraggio.
'Come potrei ripeterlo?' ribatté lei all'istante.
Il suo sguardo era tornato presente. Stavolta avevo centrato.
'Immagino che i ranger sappiano come, un'altra escursione per esempio, sì, magari inoltrandosi di più nel parco. Di sicuro si può tentare qualcosa del genere...'
Mi venne in mente Nick.
'Ho conosciuto un ranger molto simpatico e disponibile. Te lo posso presentare se vuoi, potresti farti consigliare da lui.'
'Sì, ti prego Vera. Sì,' replicò con impeto puntando i suoi occhioni, ora quasi imploranti, dritti nei miei, 'questa sì che è un ottima idea.'
La ragazza aveva senza dubbio apprezzato la mia proposta, e mi chiesi se avessi fatto bene a parlare.
Poi restammo in silenzio per qualche minuto.

Un tramonto spettacolare ci faceva da sfondo e io mi lasciai abbracciare completamente dalla visuale.
I miei pensieri vagavano senza ordine nel nulla e, ci avrei scommesso, ancor più quelli di Mary.

10

Puntuale alle 21.30 mi feci trovare nella stanza del caminetto.

Nick era già lì.

'Ciao, hai riposato, si vede,' esordì non appena ci salutammo.

'Fresca come una rosa!' esclamai io con sano compiacimento.

Tutto merito della lunga doccia rigenerante che mi ero concessa dopo cena.

Non solo, mi ero anche soffermata qualche istante davanti allo specchio, cosa che non avevo ancora fatto da quando ero in America. E il colpo d'occhio non era stato poi male, nonostante gli strapazzi e le emozioni.

Non potevo certo definirmi una bellezza mozzafiato, ma tutto sommato il mio aspetto era piacevole.

Tutti mi dicevano che avevo stile e femminilità.

I miei lunghi capelli ramati avevano riacquistato morbidezza e lucidità grazie a uno shampoo balsamo portato dall'Italia e il mio viso era rilassato e leggermente abbronzato dal sole californiano. Mi ero passata del mascara sulle ciglia e un filo di ombretto viola luminescente metteva in risalto i miei occhi scuri.

Infine mi ero osservata soddisfatta. Nick aveva notato il mio cambiamento.

'Sediamoci Vera, ho giusto dieci minuti di tempo.'

Così poco, pensai delusa, e mi lasciai mollemente cadere sul divanetto vicino a lui.

'Devo tornare presto dal nonno, oggi è una giornata no,' spiegò immediatamente.

'Mi spiace, allora non voglio trattenerti.'

Ma lui continuò, 'Sei ancora convinta di fare l'escursione notturna?' come poteva dubitarne?

'Sì, certamente, anzi non ne vedo l'ora.' lo rassicurai.

'Benissimo. Allora ci incontreremo domani sera nella hall alle 19.30, andremo via con la mia auto. Vestiti comoda mi raccomando! Jeans, scarpe da ginnastica, un maglioncino e una giacca a vento. Farà freddo, l'escursione termica è forte, lo sai vero? Io porterò due sacchi a pelo per maggiore comfort.'

Da come parlava sembrava a sua volta entusiasta, 'Perfetto, saremo soli quindi?' osai chiedere.

Non era mai sceso in quel particolare, avrebbe potuto essere una delle solite escursioni di gruppo, ma adesso aveva parlato di due sacchi a pelo. Solo due.

'Sì certo. È un'escursione individuale dedicata a una scrittrice esordiente in cerca di ispirazione,' rispose sorridendo con estrema dolcezza. Non c'era alcuna malizia nella sua espressione.

'Ne sono onorata Nick, è un regalo prezioso, davvero. Grazie.'

Il suo sguardo intenso mi imbarazzò per l'ennesima volta e deviai gli occhi verso le sue mani. Erano grandi e curate, esprimevano sicurezza.

Sì, di lui potevo fidarmi, me lo diceva l'istinto.

Quell'istinto che è fondamentale per un buon investigatore privato.

E mi venne in mente Mary.

'Ah Nick, stasera avrei voluto presentarti una ragazza che ho conosciuto durante l'escursione. Ha bisogno di consigli per visitare il parco.' mi guardai intorno ma non c'era traccia della ragazza e Nick aveva fretta, doveva tornare dal nonno.

'È anche lei una scrittrice esordiente?'

'No no, certo che no, basto io per quello.' ribattei scherzosamente per sostenere la sua battuta.

Nick era sempre affabile e simpatico, malgrado le preoccupazioni e gli impegni.

Una dote non da tutti e mi faceva sentire serena e a mio agio.

Decisi di anticipargli qualcosa a riguardo.

'È una ragazza particolare, Mary. Ha visto un animale oggi, lei dice una specie di cervo senza corna e con grosse orecchie...'

'Un mule deer, certo.' specificò subito Nick con naturalezza.

'Mule deer?' ripetei io scandendo le lettere.

'Sì, ce ne sono molti da queste parti, si tratta di un incrocio tra il cervo e l'asino.'

Da buon ranger era esperto anche di fauna locale.

'Ecco, un mule deer, allora. Comunque è rimasta impressionata da quell'animale, molto impressionata direi, e vorrebbe vederne altri. Io le ho consigliato di chiedere a te, ho fatto bene? Adesso però non la vedo in giro, sarà in camera a riposare. Oggi non si è sentita bene durante l'escursione.'

'Come mai?'

'Come mai cosa?'

'Come mai non si è sentita bene? Cosa le è successo di preciso?'

'Un momento di confusione, forse un calo di pressione,' risposi in prima battuta, poi continuai,

'In realtà mi ha confidato di aver avuto una sensazione strana, una specie di trance, proprio durante l'incontro con... come si chiama l'animale ... mule... mule...'

'Mule deer,' riprese la parola Nick.

'Sì sì, lui, appunto. Una cosa veramente strana, ma meglio che te ne parli lei.'

Un'ombra calò improvvisamente sul bel viso di Nick.

'Be', nulla di grave comunque. Ora sta bene e non c'è di che preoccuparsi perché è stata anche visitata da una dottoressa. Ti sei allarmato Nick?'

Volevo capire il motivo di quel cambio di espressione.

'Com'è che mi capisci al volo tu? Be', diciamo che mi ha riportato alla mente un mio caro amico, Mike. Anche lui aveva sviluppato una strana ossessione per i mule deer... ma ti racconterò questa storia in un altro momento.

Scusami Vera, ora devo proprio correre dal nonno. Parlerò con la ragazza domani.'

Mike? Che fosse il tenente Mike? Pensai all'istante facendo due più due.

Ma come potevo chiedere a Nick se si trattasse proprio di lui? Io in teoria non avrei dovuto neppure sapere dell'esistenza di Mike Colduen. Come scrittrice naturalmente.

'Certo, a domani allora,' conclusi, e ci salutammo.

Tornai in camera perplessa pensando all'amico Mike e ai conturbanti mule deer.

Prima di andare a letto controllai la mail. Stavolta c'era.

--- Ciao Vera. Come procede la tua indagine?
Hai saputo qualcosa di interessante? Mandami un breve rapporto al più presto.
Ora è tempo di pensare a un programma d'azione coordinato.
Attendo tue notizie. A presto
Anselmo ---

Poche righe ma incisive.

--- Buon giorno Mr. Mariani,
durante l'escursione di oggi non ho potuto fare domande sulle sparizioni. La guida era maldisposta a causa di un contrattempo. In ogni modo nessuno ne parla. Né i locali, né i turisti.
Ho fatto amicizia con un ranger molto disponibile.
Voglio partire da questo aggancio e piano piano entrare in argomento, ma prima devo conquistarmi la sua fiducia. Per questo domani sera andrò a fare con lui un'escursione notturna. Le farò sapere al più presto.
Buona giornata ----

Anch'io ero stata breve e concisa, infondo non avevo altro da dire.
Era la mia seconda notte a Bryce Canyon e prima di raccogliere bisogna seminare, me lo aveva insegnato lui.
Me ne andai a dormire serena.

11

Stavo sognando o c'era un gran chiasso nel corridoio?
Aprii definitivamente gli occhi e mi concentrai.
Qualcuno correva su e giù senza riguardi e si sentivano voci che rimbalzavano in vortice.
Mi alzai dal letto e mi avvicinai alla porta.
La aprii di qualche centimetro giusto per farci passare un'occhiata e capire cosa stesse succedendo. Probabilmente un gruppo di turisti poco educati o qualche partenza improvvisa, ma di sicuro qualcosa succedeva.
Vidi il cameriere al piano che correva trafelato e, dietro di lui, la signora che aveva rassicurato la ragazza greca, la dottoressa in vacanza.
'Non c'è , non c'è!' gridava la donna, 'In camera sua non c'è!'
'Dobbiamo chiamare la polizia! Con queste sparizioni bisogna andarci coi piedi di piombo.'
Avevo sentito bene? Aveva detto "sparizioni"?
'Presto, vada nella hall, dobbiamo guardare bene dappertutto, io vado sul tetto.'
La voce dell'uomo scomparì inghiottita dalla porta dell'ascensore ma feci in tempo a sentire quella frase e a intravedere la signora che, in camicia da notte, imboccava di corsa le scale.
Qualcuno era scomparso! Ma chi?
Una scarica di adrenalina mi svegliò a pieno giorno e decisi di scendere immediatamente nella hall per capirci qualcosa di più. Prima di uscire guardai fuori dalla finestra.

La mia camera dava sul retro e godeva della vista più bella, come aveva sottolineato David della reception: il laghetto, gli alberi e in lontananza i monti. Tutto tranquillo. Un istante prima di rigirarmi però, intravidi con la coda dell'occhio un movimento tra i cespugli che circondavano il laghetto.

Aguzzai la vista e riconobbi un animale... quell'animale, il mule deer!

Stava fermo, immobile. E poi, improvvisamente, si era mosso e con degli strani salti era corso via.

Non lo vidi più, ma rimasi ad osservare.

Passato qualche istante notai, in lontananza, tre o forse quattro di quegli animali, poi di nuovo nulla. Erano cespugli o animali?

La vista mi andò in confusione e strabuzzai gli occhi, ma non persi altro tempo prezioso e mi precipitai nella hall usando le scale. Mentre scendevo i gradini, sentivo voci provenire dal basso e il mio cuore battere forte.

Non appena fui al piano, la prima cosa che misi a fuoco fu la dottoressa: era appoggiata al banco della reception e parlava con un uomo, il direttore dell'hotel. Ai lati i tre camerieri e dietro la reception, David.

Mi diressi verso il bancone e la signora mi vide. 'Cara, cara, hai visto per caso la ragazza greca?'

Urlò ancora a distanza. Notai che aveva il viso stravolto. 'Dimmi di sì, ti prego!'

Improvvisamente tutti puntarono gli occhi su di me e il brusio di fondo si placò per qualche istante, in attesa della mia risposta.

'No. Non la vedo da ieri pomeriggio, ma perché?' mi avvicinai al bancone.

'È stata di nuovo male?'

'Non si trova più, è sparita. Sparita, oh mio Dio, sparita!' farfugliò la signora come in preda al panico, la sua voce era strozzata in gola.

'Ma come sparita?' ribattei incredula. La signora partì in quarta,

'Ieri sera mi ha chiesto ospitalità. Sì, non voleva dormire da sola e io l'ho accolta con piacere, ho due letti separati in camera e volevo darle conforto, povera ragazza. Abbiamo visto un film in tv e poi ci siamo addormentate e questa mattina quando ho aperto gli occhi circa un ora fa, lei non era nel letto. Né nel bagno. Insomma non c'era!

Allora ho pensato che fosse tornata in camera sua, ma niente.

Nemmeno là c'era traccia di lei.

Sono scesa e ho chiesto ai camerieri se l'avessero vista in sala colazione, o nel giardino, o nel parcheggio.

Nessuno l'aveva vista, proprio nessuno!'

Si fermò per riprendere fiato e io ne approfittai,

'Sarà andata a fare una passeggiata fuori.' era una considerazione semplice e logica.

La signora si spostò dal bancone lasciando gli uomini a confabulare e, appoggiandosi di peso al mio braccio, mi trascinò da parte.

'Vedi cara, non appena ho chiesto ai camerieri se l'avessero vista, qui è scoppiata una bomba, si sono messi tutti in agitazione. Vogliono chiamare la polizia, anzi, credo che l'abbiano già fatto.' mi sussurrò furtivamente nell'orecchio.

'E come mai? Non conviene aspettare, non mi sembra poi così grave,' azzardai.

'Ma è per via delle sparizioni!'

Sbottò allora lei col terrore negli occhi.

'Ahhh... sìììì, le sparizioni! Ho letto qualcosa a riguardo, sì certo. Le misteriose sparizioni di turisti nei parchi americani,' esclamai, cercando di simulare grande sorpresa.

'Appunto, quelle!' ripeté lei con fare stizzito.

'Mi perdoni se glielo chiedo signora, non si è accorta di nulla durante la notte? Rumori o altro?'

Era un'occasione imperdibile, non potevo lasciarmela scappare.

'Assolutamente niente cara. Ho dormito profondamente tutta la notte. Ero molto stanca.'

'Ok. Non si preoccupi così tanto, vedrà che la troveranno, vedrà. Stia tranquilla ora, si calmi. Fanno bene a chiamare la polizia, la prudenza non è mai troppa in queste circostanze.'

Malgrado mi sforzassi di apparire impassibile, in realtà non credevo a quello che stava succedendo sotto i miei occhi.

Una nuova sparizione!

Guardai l'ora sul cellulare, erano le nove e trenta.

Un forte rumore di macchine in frenata annunciò l'arrivo della polizia.

La porta principale fu spalancata bruscamente da due uomini in divisa che avevano l'espressione di sciacalli in cerca di una preda.

La signora sussultò, io mi immobilizzai.

Intorno a noi si era creata una nuvola di persone che cercavano di capire cosa stesse succedendo, stazionavano a gruppetti qua e là.

Il poliziotto più alto si avvicinò al direttore, l'altro restò vicino alla porta, come di guardia.

'Salve George,' disse il direttore, 'siete stati velocissimi.'

George! Eccolo dunque! Era lui, George Deverou, il tenente di cui mi aveva parlato Mr. Mariani a cui era stato riaffidato il caso.

I due uomini parlarono sommessamente per pochi minuti, poi puntarono gli occhi verso di noi.

'Dottoressa Morgan, per favore si avvicini.' il direttore fece cenno alla dottoressa di avanzare.

La donna lasciò il mio braccio senza proferire parola e si avvicinò a loro.

Avrei dato qualsiasi cosa per sentire quello che si sarebbero detti, ma rimasi in disparte, limitandomi a tenerli d'occhio.

Ci fu una breve presentazione e poi tutti e tre insieme si incamminarono. Il direttore faceva strada e, quando raggiunsero una stanza nel fondo del corridoio, vi entrarono e chiusero la porta. Spam!

Poco male, pensai. Avrei sicuramente incontrato la signora più tardi e ripreso il discorso, era una donna loquace e sarebbe stato facile scucirle qualcosa.

Poi mi guardai intorno: i gruppetti di persone curiose si stavano lentamente sciogliendo e la hall era quasi vuota.
Decisi che era il caso di fare un immediato rapporto a Mr. Mariani, l'evento era pregnante e andava comunicato subito.
Mi ritrovai a fare le scale di corsa malgrado non ce ne fosse alcuna necessità, dovevo scaricare l'adrenalina che avevo in corpo. Mary era scomparsa!
Una volta in camera, mi sedetti sfinita sul letto ancora disfatto e rimasi incantata a fissare il muro cercando di fare mente locale su cosa dire al mio capo.
Provai sul cellulare ma non era raggiungibile e passai al pc.

---- Buongiorno Mr. Mariani ,
ho provato a chiamarla al cellulare data l'urgenza della comunicazione.
Si è appena verificata una sparizione, proprio nello stesso Lodge in cui sto soggiornando.
Si tratta di una ragazza greca che ho conosciuto personalmente.
La polizia è in albergo e sta interrogando la turista che ha avuto l'ultimo contatto con la ragazza.
Avrei bisogno di parlarle al più presto per spiegarle meglio alcuni dettagli.
Attendo una sua chiamata. Grazie Saluti Vera ----

Non era il caso di scrivere altro.
Iniziai a camminare su e giù per la stanza, pensavo a Mary.

In questo andirivieni vidi di sfuggita la mia immagine riflessa nello specchio e mi resi conto di essere ancora in pigiama. Mi cambiai velocemente con i primi indumenti che mi capitarono sotto mano.

Non riuscivo a tranquillizzarmi. Ero come in preda a un'eccitazione incontrollabile e ripiombai nella hall con la speranza di incontrare la signora Morgan.

David era dietro il banco della reception e tutto taceva. Mi avvicinai.

'Salve David, la signora Morgan è ancora nella stanza del direttore? Era molto agitata, povera donna.'

Dissi, fingendomi interessata al suo stato di salute, in fin dei conti sarebbe stato più che legittimo.

'Immagino di sì. Non è ancora uscito nessuno dalla stanza,' bofonchiò lanciando un'occhiata verso il corridoio, 'e ne avranno ancora per un bel po', credo. Spero solo che questa faccenda non comprometta le nostre prenotazioni.' commentò infine.

'Be', ma perché dovrebbe recarvi danno?'

'Ma come perché, signora Spark? La paura di quello che potrebbe esserci dietro, ovvio!'

David sbottò senza trattenere la sua rabbia. Sicuramente la mia domanda da finta ingenua lo aveva irritato.

'Qui abbiamo tutti cercato di mettere a tacere i pettegolezzi e le fantasie riguardo alle sparizioni, ma non è così semplice. Ogni volta che se ne verifica una nuova il caos si ripete, la paura torna e le disdette piovono!'

'Scusi David, ma voi non siete preoccupati? Voglio dire, voi che vivete qui, non avete paura? Non vi chiedete cosa stia succedendo, non volete sapere?'

Mi fulminò con lo sguardo.

'Signora Spark,' riprese con tono impostato, 'io personalmente non ho nessuna paura, ma è chiaro che i turisti stanno combinando qualcosa. Alcuni turisti per lo meno. Non si capisce cosa per ora, ma salterà fuori e, vedrà, sarà qualcosa di brutto.

Il mondo d'oggi è corrotto, chissà quali congregazioni o, che so io, quali scommesse o assurdità impensabili ci sono dietro. Ma il punto è che ci andiamo di mezzo noi. Noi che lavoriamo e non facciamo male a nessuno.'

David era accorato nell'esposizione della sua teoria, per quanto fosse alquanto indefinita.

Sentii improvvisamente il rumore di una porta che si apriva e delle voci maschili venire dal corridoio, mi voltai e vidi gli uomini uscire dalla stanza, ma la signora Morgan non c'era.

Si avvicinarono al banco e si rivolsero a David, noncuranti della mia presenza.

'David, il tenente vuole vedere la stanza della Signorina Bayartaki e anche quella della Dottoressa Morgan. La signora ci ha dato il permesso di fare un'ispezione mentre fa colazione. Abbiamo bisogno delle chiavi, per favore.'

Il direttore parlava con aria calma e piglio professionale e David ubbidì alla sua richiesta senza fiatare.

Il tenente Deverou si guardava intorno in cerca di indizi.

Avevo saputo quello che volevo, quindi mi diressi al ristorante alla ricerca della signora Morgan.

'Dottoressa Morgan, posso sedermi con lei?' le chiesi non appena la raggiunsi al tavolo.

In sala non c'era praticamente nessuno, era presto per servire il pranzo e tardi per fare la colazione, e comunque la maggior parte dei turisti era fuori in escursione.

'Sì cara, certo.' il suo tono era gentile malgrado la sua espressione fosse contratta.

Mi aveva risposto, ma i suoi pensieri erano altrove. Notai che anche lei non era più in camicia da notte.

'Allora, come è andata? Le hanno fatto molte domande?' non esitai a entrare subito nel merito.

'Oh sì, molte domande! E ho raccontato più o meno quello che ho detto a te poco fa, che poi è la semplice verità. Però io non capisco, veramente non capisco.'

Così dicendo prese con le due mani la tazza di caffè nero bollente che aveva davanti a sé e iniziò a sorseggiala.

'Cosa la turba così tanto signora Morgan? Ha in mente qualcosa?'

Ribattei per approfondire.

'Mary, lo sai anche tu, aveva uno strano comportamento. Non per niente ha voluto dormire in camera mia!'

'Sì, ne convengo, ma da lì a sparire ne corre, non crede? Si incontrano spesso persone "strane", soprattutto in viaggio.'

'No Vera, non hai capito allora.'

Il suo tono divenne lamentoso e si passò una mano sulla fronte come nel tentativo di trattenere un forte disagio.

'Io non penso alle sparizioni… quella ragazza stava vivendo qualcosa di particolare, credimi.'

Si bloccò pochi istanti per il sopraggiungere del cameriere, poi riprese.

'Ieri sera, prima di addormentarci, abbiamo chiacchierato parecchio. Mary mi ha raccontato di aver spedito una lettera alla madre, che vive su un'isola greca, Rodi o forse Creta, non ricordo. Ha detto di aver sentito forte l'impulso di dirle alcune cose importanti e che aveva voluto farlo subito, finché era in tempo. Finché era in tempo, capisci? Ha aggiunto che erano cose che aveva capito nei pochi giorni trascorsi qui.'

Rimase pensierosa girando e rigirando la forchetta sul pasto ancora caldo.

'Cioè?' chiesi io incuriosita.

'Mi ha confessato di aver finalmente capito che la sua vita da troppo tempo ormai era come una corsa a vuoto, ha detto proprio così, una corsa a vuoto. E ha aggiunto, in un mondo che non le piaceva affatto!

A quel punto le ho chiesto cosa non le andasse bene in questo mondo e lei ha risposto che la gente è falsa e egoista e che la società di oggi non lascia più spazio alle persone leali e a una vita semplice. Ha detto che tutto ciò, lei, non lo riusciva più a sostenere. Questo ha detto! È preoccupante, non credi?'

Non sapevo come commentare e rimasi zitta, accennando una smorfia di dubbio con le labbra.

'La cosa strana è che era estremamente serena mentre parlava, come se avesse risolto qualcosa...' concluse.

'Signora Morgan, ma lei cosa ne pensa? Mi sembra che abbia qualcosa in mente, o sbaglio?'

'Penso a un suicidio! Ecco a cosa penso se proprio vuoi saperlo!'

Esclamò infine e, riducendo la fronte a una cartina geografica, abbassò la testa e la scosse più e più volte.

'Suicidio?' sillabai io come per prendere coscienza di un nuovo concetto.

Ripetendo mentalmente quella parola, mi alzai e, come un automa, mi avvicinai al buffet lasciando la dottoressa da sola al tavolo. Ora ero davvero confusa.

Il discorso filava in effetti. Ma il corpo?

Al momento non era stato trovato, ma le indagini in quel senso dovevano ancora iniziare e magari lo avrebbero trovato da lì a poco, sotto un cespuglio o ai margini del laghetto.

Povera Mary!

Aveva lanciato dei messaggi un po' a tutti noi e nessuno l'aveva capita.

E io avevo perfino scritto a Mariani dando per scontato che si trattasse di un caso di sparizione, che stupida ero stata! Avrei dovuto aspettare, verificare.

Mi ero fatta prendere dall'emozione del momento, non ero davvero una brava investigatrice privata.

12

Per quel giorno avevo messo in programma di fare un salto alla centrale di polizia per fare qualche domanda, come mi aveva suggerito Mr. Mariani, ma dopo quello che era successo non mi sembrava più il caso.

Ero sconcertata e decisi di fare due passi a Bryce City per schiarirmi le idee.

Guidando lungo la strada principale vidi due auto della polizia che si muovevano nella corsia opposta alla mia; andavano nella direzione di entrata al parco.

Pensai che probabilmente fossero iniziate le operazioni di ricerca di Mary.

Ricordai i suoi grandi occhi verdi e mi venne una stretta al cuore.

Non avevo mangiato nulla in albergo, mi si era chiusa la bocca dello stomaco con quella storia del suicidio, ma ora iniziavo ad avere fame, dunque decisi di tornare nel locale in cui avevo pranzato il giorno precedente insieme a Nick.

Chissà, magari se la fortuna mi avesse assistita, lo avrei incontrato di nuovo; avevo un gran bisogno di confrontarmi con qualcuno e Nick era l'unica persona di cui mi fidavo.

Il sole era alto, faceva caldo e intorno a me tutto era desolato, calma piatta più che mai. Neanche l'ombra di un turista.

Forse la paura era già dilagata?

Entrai nel locale e mangiai con tutta calma.

Alla fine mi dilungai con una tazza di caffè sorseggiata a tempo di bradipo, ma niente Nick.

Pensai allora di chiedere all'uomo dietro il bancone.

'Mi scusi Signore, lei conosce Nick? Il ranger Nick?'

'Sì certamente signora, tutti lo conoscono da queste parti, è il nipote di Malcon.' rispose l'uomo con naturalezza.

Malcon era dunque il nome del nonno malato e sembrava anche essere piuttosto popolare.

'Sì, esatto. Ho bisogno di rintraccialo con una certa urgenza, mi sa dire dove lo posso trovare a quest'ora?'

L'uomo deviò lo sguardo verso l'orologio appeso al muro.

'A quest' ora Nick dovrebbe essere all'ufficio turistico, sa dove si trova?'

Scossi la testa in segno di negazione.

'Ok, è semplice. Uscendo, cammini 500 metri circa e poi giri a destra. Lo trova lì, nella piazza centrale.'

'Grazie mille Signore, davvero molto gentile.' pagai e gli lasciai una piccola mancia. Ero sollevata.

Entrando nell'ufficio turistico mi trovai immediatamente davanti un lungo bancone, ma nessuno dietro.

C'erano volantini e riviste turistiche sparsi dappertutto e, appesa al muro, un enorme piantina del parco con tanti percorsi evidenziati con colori diversi.

Una porticina in angolo faceva intravedere un locale sul retro con delle scrivanie, anch'esse vuote.

'Ehilà, c'è nessuno?' sicuramente qualcuno doveva esserci.

'Eccomi, arrivo!' una voce risuonò dal retro e mi rallegrai perché la riconobbi. Era Nick.

Quando sbucò e mi vide, strabuzzò i suoi begli occhi scuri.
'Vera!?' esclamò visibilmente sorpreso di vedermi.
'Ciao, è qui che lavori allora? Be', è stato facile rintracciarti!' gli sorrisi a 32 denti,
'Tutto a posto Nick, volevo solo occupare il mio tempo e fare un giretto... anche se, a dire il vero, oggi in albergo l'atmosfera è rovente.'
'Ah si? Hai fatto bene a venire allora, ma come mai? Nuovi arrivi? Troppo caos per la novella scrittrice?'
Nick si era avvicinato e mi regalava, a sua volta, un fantastico sorriso.
'Ummmm... Non sai ancora nulla allora?'
'E cosa dovrei sapere?' ribatté lui non mostrando alcuna preoccupazione.
A quel punto avrei preferito tacere per non interrompere quella piacevolissima sensazione di leggerezza che mi trasferiva sempre Nick, ma ormai non potevo sottrarmi da una spiegazione.
'Scusa, pensavo che la notizia fosse arrivata dappertutto.'
'Cioè? Quale notizia Vera? Su, su, svuota il sacco!'
'Si, be'... ok, c'è stata una sparizione in hotel, la scorsa notte; si tratta di Mary, la ragazza greca. Sai, quella di cui ti ho parlato ieri e che avrei voluto farti conoscere... ricordi?'
Mentre parlavo l'espressione di Nick era passata da leggermente perplessa a seriamente impressionata.
Restò zitto per qualche istante.
'Ricordo. È stata già avvisata la polizia?' mi chiese con fare secco.
'Sì, due agenti erano in hotel questa mattina, sono stati chiamati subito dopo l'accaduto e penso siano già partite

le indagini perché ho visto due auto andare verso il parco proprio mentre guidavo per venire a Bryce City, circa due ore fa.'

'Allora credo sia meglio rimandare la nostra escursione notturna.'

Nick si limitò a fare questa considerazione, modulando leggermente quel particolare atteggiamento serio che aveva assunto all'improvviso.

'Ma perché, chiuderanno il parco?'

'No, certo che no, ma stanotte ci saranno appostamenti e ricerche, e andranno avanti almeno per 48 ore. È la prassi. L'escursione sarebbe disturbata, non ne vale la pena. Meglio rimandarla.'

'Ok, capisco, certo,' risposi e impostai un tono sconsolato, ma lo ero veramente, sconsolata.

Mi resi conto che spesso mi trovavo a voler simulare stati d'animo che in realtà mi appartenevano, cosa senza dubbio singolare.

'A proposito Nick, hai saputo qualcosa per l'alloggio di cui mi avevi parlato?'

'Sì. Il posto c'è da domani sera, te lo avrei detto infatti. Si tratta di uno studio con angolo cottura, una sistemazione semplice ma confortevole, molto vicino a dove abito io col nonno, spero la cosa non ti dispiaccia…'

'Certo che no, anzi…'

Ne ero felice, avrei avuto un punto di riferimento sempre a portata di mano,

'È perfetto!'

'Ma non vuoi vederlo prima? Non è detto che ti piaccia.'

'Nooo, mi fido ciecamente del tuo giudizio Nick.'

'Benissimo allora. Conosco i proprietari, sono brave persone. Puoi stare tranquilla e sicuramente ti faranno un prezzo speciale. Per questo però parlerai tu con loro.'
A quel punto squillò un telefono nella stanza sul retro.
'Scusa Vera, devo rispondere, sono solo in ufficio oggi. Ma non te ne andare.'
Non avevo alcuna intenzione di andarmene, ma mi fece piacere che lui lo chiedesse.
Dopo pochi minuti tornò.
Si era infilato un cappellino e gli occhiali da sole. Sembrava intenzionato ad uscire, e anche di corsa.
'Vera, devo raggiungere immediatamente il mio amico Jo, il veterinario del paese. Ha bisogno che lo aiuti a trasportare in ambulatorio un animale ferito.'
Lo seguivo con lo sguardo mentre si muoveva senza sosta su e giù per la stanza raccogliendo chiavi, zaini, borse e strumenti vari. Non sembrava per niente allarmato, solo di gran fretta.
'Vieni con me?'
Visualizzai con l'occhio della mente un povero animale insanguinato e sofferente.
Non ero sicura di voler andare.
'Sì certo, se non è un problema per te!'
Mi sorpresi constatando quanto le mie parole fossero slegate dal mio cervello.
E così, via! Mi precipitai dietro di lui che, nel frattempo, aveva già varcato la soglia.
'Benvenuta a Bryce Canyon!' esclamò Nick mostrando di aver apprezzato il mio coraggio e di corsa salimmo sul pick-up.

In un lampo ci trovammo sul posto.

In mezzo alla strada principale c'era un'auto ferma e dietro si intravedeva metà corpo di un grosso animale, a terra. Intorno tre persone, una donna e due uomini.

'Ecco Jo. Ora dobbiamo essere rapidi a trasbordare l'animale sul pick up e speriamo che non sia nulla di grave. Tu Vera fai solo da spettatrice.' accostò.

Ero spaventata e mi tenni in disparte per non dare fastidio, ma dalla mia posizione vedevo abbastanza bene tutta la manovra.

Nick prese dal retro del pick-up una specie di carrello d'acciaio fornito di grosse ruote.

Poi, insieme al suo amico Jo, fecero rotolare il grosso animale su una coperta e quindi sul carrello, chiesero aiuto anche al turista. Assicurarono bene l'animale con delle corde a gancio, lo coprirono con un qualche materiale tecnico e, infine, utilizzando una carrucola collegata al retro del pick-up, lo posizionarono sul mezzo.

La donna seguiva la scena con occhi pieni di rammarico e pena.

Risalimmo sul pick-up tutti e tre e partimmo di volata.

'Lei è un'amica, si chiama Vera,' disse Nick per giustificare la mia presenza.

Jo mi lanciò un occhiata repentina e poi, senza curarsi della mia presenza, iniziò a imprecare contro la giovane coppia.

Nick guidava in silenzio.

'Devono tenere gli occhi più aperti questi turisti. Non se ne può più!

E i cartelli? Cosa la mettiamo a fare la segnaletica?'

'Hai ragione Jo, ma fortunatamente non mi sembra grave. Ho visto solo una ferita alla zampa destra. Nient'altro. Tu cosa ne pensi?'

'Si, così pare. Gli ho fatto un'iniezione calmante, spero davvero di non trovare altro in ambulatorio. Dai che lo rimettiamo in piedi questo bell'esemplare e lo rispediamo al più presto dai suoi compagni sano e salvo.'

Era senza dubbio un tipo burbero Jo, ma forse amava solo gli animali più di quanto amasse gli uomini e, visto il suo mestiere, la cosa calzava a pennello.

'Grazie Nick sei stato velocissimo ad arrivare. Sei un vero amico tu! Il mio collega, mannaggia a lui, era irraggiungibile.'

'È un mule deer?' osai chiedere.

'Sì, esatto Signorina Vera, è proprio un bel mule deer.'

Rispose Jo mantenendo quel tono burbero, anch'io ero una turista in fondo.

Nick mi lanciò un'occhiata di intesa che ricambiai con un timido sorriso.

Una volta arrivati all'ambulatorio la manovra fu ripetuta al contrario, ma questa volta mi avvicinai di più e, facendomi coraggio, guardai la ferita.

Ebbi un sussulto.

Ma non per il sangue o per il taglio. Io vidi un segno su quell'animale!

Un simbolo particolare, come fosse disegnato appena sopra allo zoccolo ferito. Piccolo, ma chiaro, inequivocabile.

Aguzzai la vista ed era proprio quello: era una chiave di violino!

Com'era possibile che un animale avesse sulla zampa il disegno di una chiave di violino?

Mi scossi e pensai che sicuramente era solo un effetto del chiaro scuro del pelo, un disegno casuale creato dalla luce o dallo sporco dell'asfalto, sì, sicuramente doveva essere così.

Ma il punto era: avevo già visto quel simbolo pochi giorni prima, lo avevo visto sul polso di Mary quando, sul pulmino, le era caduta la fotografia dallo zaino.

Lo stesso disegno e più o meno nello stesso punto del corpo! Stavo farneticando.

Su, su Vera, ragiona, è solo un'impressione.

Non dissi nulla: ora ero io a temere di essere presa per matta.

Una volta usciti dall'ambulatorio, Nick mi riaccompagnò in hotel e ci accordammo per l'indomani, ci saremmo visti dopo pranzo per il trasloco nel mio nuovo alloggio.

Poi, con una nuvola di pensieri in testa, andai direttamente in camera e mi buttai sul letto.

Guardai il cellulare ma Mariani non aveva chiamato, in compenso c'era un sms di mia cugina Meg.

Ciao Vera. Tutto bene? Dove sei esattamente? Ho sentito di una nuova sparizione a Bryce Canyon, sono preoccupata. Fammi sapere. Baci

Risposi immediatamente.

Non potevo lasciarla sulle spine, ma non volevo chiamarla, a voce avrei sicuramente tradito le mie emozioni.

Ciao Meg, sono proprio a Bryce Canyon, ma sto bene non ti preoccupare.
Sì, a quanto pare c'è stata una sparizione proprio nel lodge in cui alloggio.
Il mio capo sarà felice di avere un caso fresco fresco in diretta, forse ci scappa una promozione!
Scherzo :)
Mi raccomando non ti allarmare, so badare a me stessa. Ti chiamerò al più presto.
Baci. Vera.

Non passarono due minuti dal mio invio, che il cellulare squillò. Era Meg.
'Pronto... pronto Vera?'
'Sì Meg, ciao, tutto bene Meg, mi spiace che ti preoccupi, non ce n'è motivo, davvero...'
'Ma sei sicura Vera? Dovevo sentire la tua voce, perdonami, ma io non sono tranquilla!'
'No Meg, dai, perché dici così?'
'Qui la televisione dice che una ragazza di nazionalità greca è scomparsa, che stanno setacciando tutto il parco ma niente, nessuna traccia di lei. Propendono per un'ennesima sparizione malgrado qualcuno stia anche ipotizzando un suicidio. Hanno anche intervistato il fratello, in Grecia. Penso che sia già in viaggio per venire lì, la madre è troppo anziana.'
'... voglio essere sincera con te, ho conosciuto la ragazza scomparsa...'
'Davvero? Vera, stai attenta, qui non si capisce cosa c'è sotto...'

'No no, ti ripeto di stare calma e serena Meg. Domani mi trasferisco, vado in un altro parco e non sarò più nel mezzo del mistero. Ok? Ti chiedo una cortesia. Rintraccia mia madre, dovrebbe essere in villeggiatura con Pietro. Sai che non amo chiamarla quando è con lui… dille di stare tranquilla. Dille che mi trovo in un altro parco, che mi hai parlato e che sto benissimo. Ok?'

'Non mi piace mentire Vera, ma va bene, lo faccio. Solo per farla stare tranquilla. E in ogni caso domani ti richiamo e mi dici dove sei, non ti mollo eh!'

'Ti voglio bene Meg. Un bacio grosso come una casa.'

'Ciao Vera e se hai bisogno mi raccomando chiama!'

'Certo certo.'

'Baci.'

'baci a te.'

La conversazione era stata come una mitragliata, ma ce l'avevo fatta.

E avevo anche sistemato mia madre che, se avesse sentito la notizia al telegiornale, si sarebbe senz'altro agitata, sapeva che ero da quelle parti per lavoro.

Mia madre aveva un nuovo compagno da circa un anno e io non riuscivo ad abituarmi all'idea, per avvisarla della mia partenza le avevo mandato solo un sms.

Lei avrebbe trascorso tutta l'estate con Pietro sulla costiera amalfitana, io avevo i miei ritmi lavorativi: un viaggio di lavoro era nella norma e non richiedeva tante ciance. O così volevo che fosse.

Mi rigirai e mi stiracchiai.

Ero stanca, confusa e non capivo come mai Mr. Mariani non mi avesse richiamata.

Improvvisamente, mi venne in mente la questione della lettera.

Sì, perché la signora Morgan aveva parlato di una lettera che Mary avrebbe spedito alla madre il giorno precedente alla sparizione per spiegarle alcune cose importanti.

Come colpita da una folgorazione realizzai che il contenuto di quella lettera doveva essere molto importante, anzi, di più. Forse in quella lettera c'era la soluzione del mistero!

Certo la lettera, sempre che esistesse, non avrebbe potuto essere già arrivata a destinazione, dalla California alla Grecia ci sarebbe voluto circa una settimana.

Troppo tempo! E comunque sarebbe stato difficile chiederne la lettura, impossibile forse.

Pensai e ripensai.

Spesso le lettere che si imbustano non corrispondono alla prima stesura. Ma certo! C'è sempre almeno una brutta copia.

Eureka! Eureka!

Dovevo assolutamente trovare la brutta copia.

13

Mi svegliai di botto con una fame da lupi.

La sera pecedente mi ero sdraiata sul letto con la testa stra-
piena di pensieri in moto libero, e non mi ero resa conto di
cadere in un sonno profondo senza aver cenato.

Mi ero risvegliata in piena notte per il freddo, la solita
escursione termica e, ad occhi chiusi, avevo infilato il pigiama ed ero scivolata sotto le coperte.

Ora mi rendevo conto di aver dormito di filata, più o
meno, dieci ore.

Adesso volevo rimettere insieme quei pensieri in moto libero, ma prima di tutto, dovevo fare colazione.

Nell'alzarmi presi il pc, che stazionava fedele come un
cagnolino per terra vicino al letto, e lo accesi, Mariani mi
aveva scritto.

---- Ciao Vera, so tutto.
Non ho potuto chiamarti, ho avuto un'emergenza da
gestire per il caso "mangrovia".
Siamo in un momento strategico, tieni orecchie e occhi
aperti a 360 gradi, ma non fare troppe domande.
Piuttosto segui, osserva, parla con la gente del posto.
Fammi sapere se hai bisogno di qualcosa.
Ciao e buon lavoro ----

---- Buongiorno Mr. Mariani,
penso di essere su una buona strada; comunque è una
strada.

Sì, di una cosa ho bisogno.

Vorrei un rapporto sui profili degli italiani scomparsi, intendo dire qualcosa riguardo al loro carattere, alla loro vita prima della sparizione.

Le sembrerà strano, ma ho un filo conduttore in mente.

Per ora è tutto. Grazie. ----

Mi rificcai sotto le coperte col pc sulle gambe.

Ma cosa avevo in testa? Bene non lo sapevo neanch'io.

Mary, il mule deer, la chiave di violino. Cosa voleva dire tuttò ciò?

Forse Mary era scappata in un luogo recondito del parco in cerca di quegli animali che l'avevano tanto colpita ed era riuscita in qualche modo a incidere quel simbolo, suo personale, sulla zampa di un animale?

Quell'animale che poi era stato casualmente investito dall'auto dei turisti.

Ma perché avrebbe fatto una cosa simile?

Io comunque ero più che sicura di aver visto quel simbolo.

No, non lo avevo sognato.

E Mary, per quello che sapevo di lei, era una ragazza singolare. Aveva un tormento nell'animo, era scontenta, delusa, in cerca di un qualche cambiamento, forse.

Anche la ragazza francese scomparsa, la ragazza di cui mi aveva parlato Meg a Los Angeles, aveva un personalità non proprio convenzionale.

Meg era rimasta colpita dal fatto che fosse diversa dalle ragazze della sua età perché era riluttante alla tecnologia e mal sopportava la superficialità e le mode. Non si era uniformata al sistema vigente insomma.

Questo era un nesso interessante, una nota comune tra due persone che non si conoscevano affatto.

Entrambe scomparse.

Non sapevo come e perché ma mi ero svegliata con questa idea fissa in testa, tanto valeva approfondire.

In sala colazione c'era un gruppetto di turisti mattinieri intenti ad abbuffarsi, sicuramente erano in partenza per un'escursione. L'atmosfera era tornata tranquilla, come se nulla fosse successo.

La luce chiara del mattino filtrava dalle grandi finestre e conferiva alla sala un aspetto particolarmente piacevole, potenziato dal profumo dolce e invitante della colazione che pervadeva tutto l'ambiente.

Mentre bevevo il mio caffè seduta in disparte, ebbi la sensazione di essere osservata. Mi girai e mi guardai intorno. Appoggiato al bancone c'era un giovane uomo solo, che fissava il vuoto.

Era lui che mi stava osservando? Poi rivolse il suo sguardo a un giornale che teneva in mano.

Mi alzai alla ricerca di altro caffè, ne avevo bisogno, dopo quel lungo sonno mi sentivo intontita.

Mentre mi perdevo nella scelta di una fetta di torta, l'uomo solo, ora poco distante da me, rispose al cellulare.

Parlava in una lingua che non mi era familiare, ma ad un tratto riconobbi una parola: "KALINIKTA".

Era greco!

Nelle mie vacanze estive di qualche anno prima ero stata in Grecia e qualsiasi turista in vacanza in quel paese sente più e più volte quella parola e, alla fine, la impara: "kalinikta", ossia "buonanotte".

Era senza dubbio un parente di Mary!

Non volevo essere indiscreta o invadente, ma morivo dalla voglia di parlargli.

'Lei è il fratello di Mary?' gli chiesi accostandomi. L'uomo alzò lentamente lo sguardo e mi osservò.

La sua espressione stupita non prometteva nulla di buono e pensai di aver fatto male a buttarmi così, a freddo.

'Ma lei chi è? Almeno si presenti!' esclamò infastidito.

Cercai subito di rimediare.

'Mi scusi, mi scusi tanto signore, lei ha ragione. Mi presento: sono Vera, Vera Spark e ho conosciuto Mary durante un'escursione, due giorni fa. Mary ha voluto sedersi vicino a me sul pulmino e abbiamo fatto amicizia, penso mi avesse preso in simpatia.' dicevo il vero.

L'uomo cambiò inaspettatamente espressione, avrei detto che si fosse commosso.

'Se Mary ti ha scelta tra tanti, allora mi posso fidare di te.'

Fortunatamente parlava abbastanza bene l'inglese.

'Mi chiamo Ianni, sono appena arrivato dalla Grecia. Non appena ho saputo di Mary mi sono imbarcato sul primo volo disponibile, ma il viaggio è stato lunghissimo, massacrante. E poi, sempre con quel pensiero martellante in testa. Mary, Mary!' esclamò contrito, lasciando cadere definitivamente il giornale sul bancone e con lui ogni resistenza.

'Sono sbalordito, confuso... so solo che voglio ritrovarla...
anzi no, sono sicuro che la troverò! Adesso però sono qua
e non so da che parte cominciare... non so, non so come
fare, cosa fare, dove andare...'
Ianni era visibilmente confuso, balbettava a tratti.
Sembrava contratto in un dolore misto a shock e incredu-
lità, che ora, forse, lo stava facendo parlare anche più del
dovuto a un'emerita sconosciuta.
'Capisco, e mi spiace davvero, mi creda. Forse dovrebbe
riposarsi per riprendersi dal viaggio. Provi a dormire almeno un paio d'ore e dopo penserà al da farsi.'
Mi faceva pena pover'uomo e a giudicare dalla profonde
occhiaie che risaltavano sul suo viso abbronzato, sicura-
mente non aveva chiuso occhio in volo.
'Le hanno già assegnato una stanza?'
'Sì, ma non credo di riuscire a dormire adesso.' rispose
sconsolato.
'Deve almeno provarci Signore, si deve sforzare! In questo
stato non serve a niente e a nessuno'. Cercai di scuoterlo
per quanto mi fosse possibile.
'Forse hai ragione ragazza. Hai detto di chiamarti Vera?'
Feci cenno di sì.
'Sei giovane ma sei saggia Vera. Va bene, vado in camera a
stendermi per cinque minuti; sì, non può che farmi bene.'
Avrei voluto parlargli subito della lettera, ma non volevo
peggiorare il suo stato confusionale. No, non era proprio
il caso.
'Se non le dispiace Ianni, potremmo rivederci più tardi,
quando se la sentirà naturalmente.' osai proporre.

'Volentieri Vera. Prima di tutto devo incontrare un tenente, mi pare si chiami George, George Deverou, si occupa lui delle sparizioni. Abbiamo un appuntamento alle undici e trenta alla centrale di polizia.'

Concluse guardando l'orologio di plastica colorata che aveva al polso.

Ianni sembrava una persona disponibile, malgrado l'esordio.

Aveva bei capelli neri, folti e ricci e vestiva in maniera semplice ma ordinata.

I suoi occhi non erano come quelli di Mary, erano color nocciola, ma avevano lo stesso taglio.

Certo. La polizia, le indagini.

Il fratello di Mary era presumibilmente venuto in California per quello, per rapportarsi alle prime indagini. E dunque era meglio che non sapesse della lettera per il momento.

Pensai che se la polizia avesse già trovato una brutta copia della lettera o qualcosa di simile, l'uomo, dopo l'incontro con loro, con buona probabilità me ne avrebbe parlato. E tutto filava.

'Su Ianni, vada ora, vedrà che si sentirà molto meglio dopo una doccia e un po' di riposo. Io sarò in albergo alle sette e mezza per la cena, anzi, potremmo cenare insieme. Cosa ne pensa?'

'Va bene Vera, sì, mi sembra un ottima idea, anche perché preferirei non cenare da solo questa sera. Allora a più tardi... e grazie mille.'

Così dicendo, Ianni scese mollemente dallo sgabello e, trascinando i piedi come fossero di piombo, si allontanò dalla sala.

14

Ed eccomi nel mio nuovo alloggio.
Nick era passato a prendermi in hotel per condurmi all'appartamento e io avevo guidato piano seguendo il suo pick up, lo stesso su cui avevamo caricato il mule deer il giorno precedente.
E il pensiero era tornato alla chiave di violino. Chissà che significato aveva?
Certo tutti sanno che, tecnicamente parlando, la chiave di violino si trova all'inizio degli spartiti musicali, ma quel simbolo poteva avere dei significati traslati?
Un tatuaggio vuole sempre esprimere qualcosa, soprattutto vuole lanciare un messaggio e io dovevo capire quale fosse il messaggio di Mary.

Arrivammo a destinazione in una ventina di minuti, o qualcosa meno.
I Signori Milton, i proprietari della mia nuova sistemazione, si mostrarono subito gentili e amichevoli.
L'alloggio era situato al primo piano di una piccola costruzione in pietra rossa.
Vi si arrivava tramite una scala esterna, pochi gradini che conducevano a un balconcino che cingeva tutta la facciata retrostante della costruzione.
La prima porta era la mia, un po' più in là c'era una seconda porta, un altro alloggio che al momento era occupato dalla nipote dei Signori Milton, Paula.

Mi spiegarono che la ragazza faceva la stagione estiva lavorando in un ristorante e sarebbe rimasta a Bryce ancora per un mesetto.

Al piano terra invece vivevano loro stessi.

In pratica gli alloggi che dedicavano agli affitti erano solo due, il mio e quello di Paula, che, a detta loro, non c'era quasi mai essendo molto presa dal lavoro.

La posizione era tranquilla anche se un po' defilata rispetto al parco, ma non era un problema. Avevo anche un piccolo angolo cottura.

Il bagno era fornito di una doccia rudimentale e di un piccolo lavandino, punto forte una finestrella che dava sul bosco retrostante.

Nick mi aveva fatto un cenno dall'auto, circa cinquecento metri prima di arrivare.

In angolo, appena prima di svoltare e entrare nella stradina sterrata in cui ci saremmo fermati, mi aveva indicato una casa con grandi travi di legno scuro. Era la sua.

Eravamo davvero vicini.

I Signori Milton erano due insegnanti in pensione che arrotondavano le entrate affittando il primo piano della loro abitazione.

'La Signorina Spark è una scrittrice esordiente,' aveva detto loro Nick nel presentarmi.

'Ha bisogno di un ambiente tranquillo per scrivere e l'albergo non è l'ideale. Qui da voi, sono sicuro, si troverà benissimo.'

Erano rimasti molto impressionati da tale presentazione e si erano subito prodigati con mille attenzioni.

La loro abitazione era scarna e impersonale, ma c'era tutto l'essenziale. Loro stessi non erano particolarmente curati nell'aspetto: entrambi indossavano tute da ginnastica abbondanti i cui pezzi erano visibilmente scombinati e probabilmente non vedevano un parrucchiere da mesi.

Mi offrirono un caffè e un ottimo dolce, poi Nick mi aiutò con le valigie.

'Come sta il mule deer?' gli chiesi appena fummo soli.

'Ohhh, ohhhh! Il mule deer! Sai che è scappato durante la notte? Probabilmente stava benone se è riuscito a tirarsi in piedi e a uscire dall'ambulatorio da solo. È la prima volta che vedo una cosa simile!'

Esclamò con una lauta risata.

'Davvero? Ma come è possibile? Non era ferito a una zampa e mezzo addormentato?' ero sconcertata da quella notizia.

'Sì, be', la ferita era davvero lieve. Probabilmente l'animale era solo molto spaventato per l'incidente e dava l'impressione di stare peggio di quanto stesse in realtà. E questo spiegherebbe anche la sua fuga repentina, pensa che è riuscito ad aprire la porta dell'ambulatorio da solo, pensiamo col muso. Un mule deer intelligente!'

Rise nuovamente.

'Ma come? La porta non era chiusa?'

Non capivo come una cosa del genere fosse possibile.

'Solo accostata in realtà. È una porta difettosa, sono mesi che Jo progetta di sostituirla ma non ha abbastanza soldi in cassa. Jo, sai, è un uomo scorbutico ma ha un gran cuore. Dice sempre che gli animali sono meglio degli uomini e va spesso a finire che li cura a sue spese, sai com'è.'

Ascoltavo, ma quello che il mio pensiero stava focalizzando era che non avrei più potuto riconfermare la presenza di quel simbolo sulla sua zampa. Ne rimasi spiazzata, ma cercai di non darlo a vedere e cambiai argomento.
'E noi Nick, quando faremo la nostra escursione?'
'Lo desideri sul serio allora?' mi guardò con tenerezza, 'Ok, ok, non posso farti aspettare ancora per molto allora! Se la natura chiama bisogna assecondarla, al diavolo le indagini e la polizia!'
'Sìììì! Così mi piaci!' esclamai con ritrovata allegria.
'Bene Vera, fammi pensare... ummmm... facciamo domani sera? Ce la fai ad aspettare fino a domani sera?'
Nick mi ballonzolava intorno e mi lanciava sguardi pieni di luce e di gioia, come fanno i bambini quando giocano.
I suoi occhi profondi brillavano ogni volta che sorrideva.
'Sìììì!' esultai nuovamente e feci un gran balzo.
'Aspetterò impaziente, ma aspetterò!'
Mi avvicinai a lui e, alzandomi in punta di piedi, gli diedi un bacio sulla guancia, così, senza pensarci. Ero contenta.
Nick accennò un sorriso e poi, come improvvisamente intimidito dal mio gesto, si girò cercando la seconda valigia che era rimasta fuori, sul balconcino, e la tirò dentro.
'E il nonno come sta?'
'Meglio. Oggi sta molto meglio, grazie a Dio.'
'Bene, benissimo! Ne sono davvero felice.'
'Sei una strana ragazza Vera. Ma mi piaci.'
Stavolta fui io a essere imbarazzata, almeno per un istante, quello stesso in cui mi aveva fissata negli occhi pronunciando quella frase.
E cambiai anch'io argomento.

'Questa sera torno in hotel. Sai, ho conosciuto il fratello di Mary questa mattina, l'ho incontrato mentre facevo colazione, lui era appena arrivato dalla Grecia. Stanco e sconvolto. Siamo d'accordo di cenare insieme.' mi guardò dubbioso.

'Sei sicura Vera che vuoi accollarti questo peso?'

'Quale peso?'

'Il peso di un dramma non tuo.'

'Io vorrei solo capire, non so bene come, ma voglio... mi piacerebbe fare qualcosa, sì... per aiutarlo.'

Ero spiazzata da quella considerazione.

'E come potresti aiutare una persona sconvolta dalla sparizione di un parente? Assorbirai solo la sua disperazione, lo sai questo Vera?'

'Sì, forse. In parte. Ma sono in grado di dominare le emozioni e voglio solo dare conforto a quell'uomo con un po' di compagnia, mi sembra il minimo che si possa fare.'

Mi ero ripresa in corner.

'Vedi che sei strana.' concluse Nick sorridendomi.

'Strana perché sono "umana"?'

Non rispose, ma mi carezzò delicatamente una guancia.

'Scappo in ufficio. Buona serata Vera.'

15

Appena fui sola cercai una presa e accesi il pc.
Fortunatamente potevo attaccarmi alla linea wireless dei
Milton e chiesi subito al mio fedele amico google il si-
gnificato della chiave di violino.
Trovai un commento interessante su un forum:

Ti permette di interpretare gli spartiti e quello che prima
non capivi improvvisamente diventa chiaro,
Forse è per questo che molti la scelgono come motivo da
tatuaggio, per rendere evidente che ti sforzi di comprendere con la tua "chiave" di lettura.

"ti sforzi di comprendere la tua chiave di lettura"

Sì! Poteva riguardare Mary.
Forse cercava la chiave di lettura che la riconciliasse con
un mondo che l'aveva profondamente delusa.

Poi aprii la posta elettronica.
C'era una mail di Mariani con un allegato. Wow! Erano
i files che avevo richiesto.
Purtroppo i profili erano relativi solo a quattro degli italiani scomparsi, gli altri due non erano al momento disponi-
bili, così perlomeno spiegava Mr. Mariani nella presentazione.

Mi distesi sul letto, che con piacere trovai anche essere molto confortevole, e iniziai a leggere, sottolineando con una biro rossa i punti salienti.

Il primo

Marco B. 25 anni nato a Roma.
Iscritto alla facoltà di scienze naturali.
Personalità schiva. Appassionato di meteorologia. Partecipava a numerosi incontri sul cambiamento climatico nel mondo.
Aveva sviluppato un grande interesse sul tema, se non addirittura un'ossessione.
Assiduo lettore dei trattati di Noemi Klein, la scrittrice canadese che si occupava di diffondere le teorie dei cambiamenti climatici e del surriscaldamento del pianeta.
Nota: non possedeva un pc, ma si era creato un profilo facebook a cui accedeva recandosi negli internet point.
Lo utilizzava esclusivamente per diffondere filmati e appelli di vario genere inerenti al tema climatico.

Il secondo

Giuseppe A. 27 anni nato a Milano.
Lavorava da due anni presso un centro di sostegno per gli anziani.
Si era diplomato come operatore sociale dopo aver abbandonato la facoltà di economia e commercio.

Personalità sensibile e generosa, ma molto riservata.

Aveva sofferto di una leggera forma di depressione durante gli studi universitari.

Pare fosse dipeso dall'approfondimento scolastico della storia e della dinamica dei sistemi economici moderni.

Il ragazzo aveva dichiarato di essersi reso conto di non voler assolutamente fare parte del sistema economico che regolava attualmente il mondo. Lo riteneva corrotto e profondamente ingiusto.

Di conseguenza si era defilato e si era dedicato a tutt'altro.

Nota: Amava la poesia e in particolare Pirandello.

Nella sua stanza aveva appeso un poster con una sua citazione

A quanti uomini, presi nel gorgo d'una passione, oppure oppressi, schiacciati dalla tristezza, dalla miseria, farebbe bene pensare che c'è *sopra il soffitto il cielo e che nel cielo ci sono le stelle.*

La terza

Angela C. 24 anni nata a Firenze.

Iscritta alla facoltà di veterinaria. Introversa ma superattiva.

Animalista convinta, nel tempo libero raccoglieva cani e gatti abbandonati e si prodigava a cercare loro delle sistemazioni adeguate.

Si muoveva solo in bicicletta o coi mezzi pubblici, nutriva una grande avversione per le auto e le motociclette e tutto quello che genera inquinamento; al contrario amava molto le passeggiate a contatto con la natura.

Amava anche correre nei parchi, dove spesso trovava gli animali di cui poi si prendeva cura.

Il quarto

Andrea G. 40 anni di Brescia.

Lavorava come giardiniere, malgrado fosse laureato in chimica.

I suoi amici lo ricordavano come un personaggio controcorrente.

Assolutamente riluttante alla tecnologia e allo spirito di competizione, prediligeva i lavori manuali all'aria aperta e le attività di gruppo.

Non possedeva cellulare per scelta.

Era nota la risposta che dava a tutti quelli che lo rimproveravano per quella sua riluttanza:

Temo il tempo in cui la tecnologia andrà oltre la nostra umanità, il mondo sarà allora popolato da una generazione di idioti.

Albert Einstein

Passava il suo tempo libero a fare volontariato come "City Angel" e a ripulire i giardini pubblici della sua città.

Amava la musica e in particolare un brano di un cantautore italiano, che, guarda caso, piaceva molto anche a me.

Il brano si intitolava: *L'isola che non c'è*

Chiusi gli occhi per qualche istante e ricordai a perfezione le strofe di quel brano, mi sembrò perfino di sentire quella fantastica armonica di sottofondo.

... e non è un'invenzione
e neanche un gioco di parole se ci credi ti basta perché poi la strada la trovi da te...

... niente odio e violenza né soldati né armi
forse è proprio l'isola
che non c'è... che non c'è...

Seconda stella a destra questo è il cammino
e poi diritto fino al mattino non ti puoi sbagliare perché quella è l'isola che non c'è...

E ti prendono in giro se continui a cercarla
ma non darti per vinto perché chi ci ha già rinunciato
e ti ride alle spalle
forse è ancora più pazzo di te

Gli scomparsi venivano tutti da famiglie regolari e benestanti e nessuno, al momento della scomparsa, aveva legami sentimentali.
"Touché" Pensai al termine della mia lettura.
Insieme alla ragazza francese descritta da Meg e a Mary, facevano proprio un bel quadretto!
Il mio intuito ci aveva preso in pieno.

16

'Non hanno la benché minima idea di cosa possa essere accaduto a Mary,' bofonchiò Ianni mentre ci accomodavamo al tavolo.

Quando ero arrivata in albergo lui era già nella hall, stava in piedi in un angolo e fissava il cellulare. Eravamo poi scesi al ristorante senza dire una parola.

Ora che lo avevo davanti notai che il suo viso era più rilassato, seppur sempre ombroso. Probabilmente aveva riposato.

'Hanno detto di aver perlustrato in un arco di 10 km, ma nulla!'

'Mi spiace, speravo in qualche buona nuova,' replicai sottotono.

'In compenso mi hanno fatto mille domande, credo volessero escludere un allontanamento volontario. Comunque non mi pare stiano facendo molto...'

'Cioè? Cosa intendi dire?' chiesi incuriosita.

'Nulla, ho solo l'impressione che non rinvenendo i corpi, alla fine, se ne lavino le mani di queste sparizioni, mi sbaglierò...'

Pensai ai profili degli scomparsi che avevo appena letto. Tutti e quattro, seppur in maniera diversa, avevano molto in comune.

Non accettavano il male in senso lato, l'egoismo, il disvalore dell'apparenza, la superficialità e, per contro, li caratterizzava un grande amore per la purezza, per la natura, per l'onestà, per la giustizia, per gli esseri deboli e indifesi.

Insomma, in poche parole, sognavano un mondo migliore; un mondo più "umano" avrei detto.

Ma cosa significa "umano"?

'Non so.' borbottai sovrappensiero.

Chissà, magari c'era davvero dietro una qualche setta misteriosa, e avrebbe potuto chiamarsi *In ragione della purezza*"; magari gli adepti avevano un canale di comunicazione occulto tramite il quale si davano appuntamenti qua e là nel mondo per conoscersi e per orchestrare programmi d'azione.

La voce di Ianni riagganciò bruscamente la mia attenzione.

'Vera, Vera, cosa vuoi ordinare?'

Il cameriere, che stazionava in piedi davanti al nostro tavolo, aveva in mano blocchetto e penna e mi fissava con aria nervosa. Forse mi aveva già interpellata e io non lo avevo sentito, immersa com'ero nelle mie fantasie.

A dire il vero non lo avevo neppure visto.

'Opsss, scusate, stavo pensando ad altro. Sì, per me una bistecca alla griglia con verdure, grazie. E tu Ianni?'

'Io ho già ordinato Vera. Ma tu piuttosto, dov'eri?'

'Quanti giorni pensi di fermarti Ianni?'

Gli chiesi dopo aver ripreso definitivamente la concentrazione su di noi.

'Ho un biglietto flessibile, non so ancora, dipende. Ma non voglio lasciare mia madre sola per troppo tempo in questo momento, è anziana ed è molto sensibile. Puoi immaginare quale sia il suo stato d'animo.'

'Capisco, mi sembra giusto. La polizia non ti ha detto nulla di rilevante quindi?'

Pensai alla lettera presumibilmente spedita da Mary alla madre.

'Direi di no, proprio nulla di rilevante...' rispose Ianni sconsolato.

'A proposito, la direzione dell'hotel mi ha chiesto di svuotare al più presto la camera di Mary. La polizia l'ha già ispezionata e adesso vogliono liberarla per i nuovi arrivi.'

Poi esitò,

'Io però davvero non me la sento di farlo da solo... sì... rivedere tutte le sue cose, i suoi vestiti. Ti spiacerebbe venire con me Vera? Te lo chiedo col cuore in mano.'

'Certamente, vengo volentieri.'

Risposi senza esitare. Ricordai le parole di Nick sul peso di una disgrazia non mia e sorrisi tra me e me.

Il bel ranger non sapeva che dovevo indagare e comunque mi faceva piacere aiutare quell'uomo solo e affranto.

'Ti ringrazio Vera, sei proprio una persona gentile. Ecco perché Mary ti ha scelta nel gruppo, lo sapevo io che un motivo c'era.'

Ianni aveva quasi le lacrime agli occhi, ma io volli approfondire subito.

'Ti ringrazio anch'io, ma a dire il vero non capisco. Sì, intendo dire il motivo per cui Mary mi ha avvicinata così, d'emblée. Come poteva sapere che tipo fossi io?'

Volevo che Ianni si spingesse oltre, che mi dicesse qualcosa di più su di lei.

E lui, nell'attesa della sua cena, abboccò in pieno.

'Ma come ti devo dire che Mary è una ragazza speciale? Lei ha avuto esperienze di vita piuttosto intense fin da ragazzina e, non so, forse per quello, ha sviluppato una capacità di intuire gli aspetti più reconditi delle persone con una semplice occhiata. Ti sembrerà strano, ma è così. Ha una sensibilità particolare, non da tutti, credimi.

Be', a dire il vero qualcuno non l'ha capito neppure lei purtroppo, ma quelli erano molto bravi a fingere!'

Feci un espressione a punto di domanda.

Il mio piatto era arrivato e la fame mi aveva spinta a inforcare le posate e a iniziare.

Ianni bevve un sorso della sua birra e, interpretando la mia richiesta di chiarimento, riprese il discorso.

'Sì, mi riferisco ai suoi ultimi datori di lavoro, una storia davvero brutta.

Il lavoro per Mary era importante, le piaceva quello che faceva e aveva sacrificato molto del suo per assicurarsi un posto sicuro e un'indipendenza economica, seppur modesta.

Aveva rinunciato a un amore e a una famiglia; ma questa è un'altra storia.

Comunque alla fine ce l'aveva fatta e il lavoro era tutta la sua vita.

Poi, sai, con la crisi economica degli ultimi anni ci sono stati dei cambiamenti, tutti brutti naturalmente. L'ambiente di lavoro era diventato ostile e lei non è certo il tipo che fa le scarpe agli altri, piuttosto soccombe.

Sta di fatto che con un giro di fumo è stata indotta a lasciare quel posto sicuro per uno che avrebbe dovuto darle maggiore serenità e soddisfazione. E invece... tutto l'opposto!'

Si guardò intorno cercando il suo piatto che tardava ad arrivare.

'Si sa, non bisognerebbe mai accettare proposte di lavoro dagli amici, o presunti tali. Hanno improvvisamente chiuso l'attività in cui l'avevano coinvolta e la cosa brutta per Mary è stato constatare che non c'era la volontà di portare avanti quell'attività.

Sì perché era stata concepita per gioco, capisci la beffa? Era stata un tappabuchi, un passatempo.

Loro non avevano certo bisogno di quell'agenzia viaggi per vivere, ne avevano altre di attività, ben più redditizie.

Quindi, non appena si è richiesto uno sforzo in più, il tutto è diventato di troppo ingombro, e ciao!

Mary si è ritrovata a casa, senza lavoro, in un momento economico estremamente critico e, come se non bastasse, anche in un momento personale molto delicato perché nostro padre si ammalò proprio in quel periodo...'

Corrugò la fronte.

'E purtroppo ci lasciò nel giro di pochi mesi. Mary era molto legata a lui, lo ha seguito in ogni attimo della sua malattia, fino alla fine. Era un uomo eccezionale nostro padre'.

Prese un altro sorso di birra e si asciugò la fronte, stava sudando. Quel racconto stava diventando molto impegnativo.

Poi riprese,

'Ma poi, sai, tutti hanno milletrecento motivi per scaricarsi la coscienza e portare l'acqua al proprio mulino. Be', in conclusione Mary ha dovuto solo fare "mea culpa", non avrebbe dovuto dare fiducia e punto.

Tutto il resto è aria fritta e non importa a nessuno.'

'Che brutta storia Ianni, Mary deve aver sofferto davvero molto.'

'Sì, molto. Il fatto è che il mondo del lavoro richiede fred-dezza e scaltrezza e Mary ha pagato caro per una decisio-ne presa sull'onda dell'emotività e della fiducia. D'altra parte lei è una pura d'animo, ha sempre avuto difficoltà a fare sue le regole del sistema. Sai di cosa parlo, quel famo-so spirito *"mors tua vita mea"* lei proprio non ce l'ha! Ma per scelta.'

Ascoltavo interessata. Il profilo di Mary si stava definen-do sempre di più nella mia testa: era una persona buona, fiduciosa nel prossimo, e si sapeva sacrificare in ragione del bene comune. Forse troppo.

Anche il piatto di Ianni arrivò e lui si apprestò a iniziare la sua cena interrompendo il racconto.

'Dopo andiamo insieme nella camera di Mary, d'accor-do?'.

Buttò lì appena prima di iniziare.' Così non ci penso più'.

Quando fummo in camera io mi sistemai in un angolo, su una poltroncina, e Ianni iniziò in silenzio la sua cernita.

Tirò fuori poche cose, Mary, come si dice, viaggiava legge-ra, e in poco tempo aveva riempito la valigia di tutto.

'Non hai trovato uno zaino?'

'No, nessuno zaino.' rispose perplesso.

'Sì, Mary aveva uno zainetto rosso durante l'escursione, ne sono sicura.'

Ianni aprì nuovamente armadio e cassetti, guardò sotto il letto e dietro al comò, poi andò nel bagno. Guardò in tutti gli angoli, ma niente.

'Non c'è nessuno zaino, ho trovato solo questa rivista per terra, dietro alla scrivania.' allungò la mano per buttarla nel cestino. Dalla copertina sembrava una rivista di gossip. 'No, no, aspetta! Se la devi buttare piuttosto dalla a me,' esclamai d'istinto, 'mi serve qualcosa da leggere prima di dormire.'

Ianni me la passò con noncuranza, io la accartocciai e la infilai nel fondo della mia borsa.

'Ma lo zaino?' Mi richiese incredulo.

'Eh, non so... era color rosso fuoco, piccolino. Durante l'escursione Mary si è persa, forse un capogiro l'aveva disorientata, e io l'ho avvistata in lontananza proprio grazie a quello zaino rosso.'

'Soffriva spesso di capogiri Mary, era la sua croce povera ragazza! Ma stava bene, aveva fatto tanti accertamenti. Era sana come un pesce.'

'Sì, ha raccontato qualcosa del genere alla signora Morgan, una dottoressa in vacanza che l'ha rassicurata dopo il malore. Dipendeva da un problema alla vista, o dalla pressione bassa. Può essere?'

'Sì, infatti. Ma lo zaino quindi?' riprese Ianni.

'Lo zaino lo avrà con sé. Non c'è altra spiegazione, non credi?'

'Io la devo cercare, voglio trovarla!' sbottò con nuova rabbia; poi si sedette sul bordo del letto e fece un lungo respiro.

'Ok, adesso mi calmo, ma mi voglio organizzare bene. Domani tornerò alla polizia, esigerò altre ricerche, più approfondite... non credo davvero che abbiano scandagliato gli angoli più remoti del parco, ci sono montagne, ci sono fiumi, ci sono zone impervie. Povera Mary!'

'Hai ragione Ianni, farei così anch'io! Non mollare.' lo esortai con grinta e lui ne fu visibilmente consolato.

Poco dopo, gli animi si acquietarono. Ci salutammo ed io tornai al mio alloggio.

17

La luce era ancora accesa nella casetta all'angolo.
Erano le dieci, non era tardi in fondo, ed ebbi la tentazione di fermarmi e di bussare.
Nick era sempre stato amichevole e disponibile con me, anche oltre il dovuto, ma impormi così nel suo privato avrebbe potuto risultare non gradito. Decisi di tirare avanti.
Mentre sterzavo lo intravidi nel giardino, seduto, da solo.
Mi riconobbe e mi fece un cenno con la mano; presi la palla al balzo, accostai e scesi.
La casetta era circondata da una graziosa staccionata in legno, la varcai e mi diressi verso di lui, che restava seduto là dove era, poco più avanti, sotto un piccolo pergolato.
C'era silenzio e tranquillità intorno.
Mi fece sedere accanto a lui.
'Come sta il nonno?' sussurrai pensando che stesse dormendo.
'Sta bene oggi.' rispose e mi sorrise con dolcezza.
'Mi piacerebbe conoscerlo un giorno, pensi sia possibile?'
'Il nonno è una persona particolare. È molto legato alle sue origini indigene e non ne fa certo mistero.
Sai, ci sono storie, mille storie incredibili, che lui mi ha raccontato altre mille volte. Fin da quando ero piccolo.
Storie piene di personaggi strani, di leggende. E un bambino resta affascinato da quelle storie, sono favole fantastiche...'
'Ci credo Nick!' mi intromisi senza lasciarlo terminare.

Ero intrigata da quello che raccontava, avrei voluto conoscere anch'io quelle storie e invidiai i momenti di calore familiare che Nick doveva aver vissuto insieme al nonno. Momenti preziosi che restano indelebili nella memoria, per tutta la vita.

'Sì, ma adesso io non sono più un bambino e non credo più nelle favole. Lui invece ci crede ancora e mi fa molto arrabbiare a volte. Per esempio, quando per curarsi invoca gli spiriti invece che mandare giù una pillola.'

Si strofinò il naso scuotendo la testa in segno di disapprovazione.

'Però, se devo essere sincero, sotto sotto lo invidio. Lui è un puro d'animo e, soprattutto, ha fede.'

'È una cosa straordinaria avere un nonno così, Nick!'

Esclamai stando sempre attenta a non alzare troppo il tono della voce.

'Sì lo è, ammetto che mi da una grande forza. Mi fa pensare che per dare senso alla vita bisogna avere fede in qualcosa di più grande di noi, qualcosa di puro, forse col suo esempio un giorno anch'io riuscirò ad avere quella fede. Al momento però vacillo.'

Concluse accennando una risatina nervosa, che tradiva un qualche problema di fondo.

'Be', la fede è un argomento difficile per la nostra generazione. Siamo cresciuti mangiando scienza e tecnologia, siamo su due lati opposti, non credi?'

'Eh sì! Siamo tutti in difficoltà, Vera. O meglio, in difficoltà si trova chi di noi si pone la questione. Per questo io sono qui col nonno invece di essere a Los Angeles con mia madre.'

Lasciandomi con la curiosità per ciò che poteva nascondere quella considerazione, Nick si era alzato dalla seggiola e dopo aver dato un occhiata alla finestrella dietro di lui, mi aveva presa sottobraccio sollevandomi dalla mia seduta.

'Ma che discorsi difficili stasera Vera, come mai? È il nonno che ci guida da dentro?'

Girai lo sguardo, la luce era ancora accesa.

'Dai entriamo, è ancora sveglio. Te lo presento.'

Ne fui piacevolmente sorpresa e lo seguii senza batter ciglio.

Nella stanza tutto parlava di indianità, se così si può dire. Le immagini appese ai muri, i soprammobili, i ritratti degli antenati. L'atmosfera era calda e accogliente, c'erano luci basse qua e là, ma la mia attenzione andò subito al nonno.

Un uomo anziano era seduto, o meglio, quasi sdraiato, su una grossa poltrona in pelle scura che sembrava un trono. Il corpo era nascosto da una coperta pesante che lo avvolgeva scendendo fino a terra, ma si intuiva che era magro come un fuscello.

Il viso era scavato e aveva zigomi alti. I capelli bianchi erano raccolti in due esili trecce che terminavano sulle spalle con dei grossi cerchi di legno, decorazione tipicamente indiana. Mi avvicinai in silenzio seguendo Nick.

'Nonno, ti voglio presentare un'amica, si chiama Vera.'

Mi sistemai di fronte a lui e sorrisi nella maniera più dolce di cui ero capace.

Il nonno alzò lo sguardo e mi osservò per qualche istante, poi mi fece cenno di abbassarmi e io mi misi in ginocchio di fianco a lui.

'Vera... è un bel nome Vera. Vorrei sapere cosa significa nella tua lingua.'

La sua voce era fioca.

'Significa... genuina, sincera, pura.' risposi quasi divertita.

'E tu lo sei?'

'Ci provo, ma non sono sicura di riuscirci sempre.'

Lui sorrise e malgrado non ci fosse alcun dente dietro le labbra sottili, qualcosa mi ricordò il bel sorriso di Nick. Continuò,

'I nomi sono importanti, hanno molto a che fare con gli eventi della nostra vita. Se tu porti questo nome un motivo c'è e, se ancora non ti è chiaro, lo scoprirai col passare del tempo.'

Si fermò un istante per prendere fiato.

'Vera, tu avrai a che fare con le cose essenziali, con le cose pure, con le cose assolute.'

Sembrava la predizione di uno stregone: certo io non avevo mai pensato al mio nome in quei termini!

Invece quell'uomo, in tempo due minuti, mi stava guardando nel profondo e, partendo semplicemente dal mio nome, stava disegnando il mio cammino di vita.

Poteva sembrare inquietante, al contrario quelle parole mi rassicurarono.

Poi mi prese la mano.

La sua tremava leggermente, ma era calda.

'Vera, non temere. Tu troverai la verità rivendicata dal tuo nome. Devi solo osservare la natura con l'occhio del cuore e lasciare libero lo spirito della tua intuizione. Solo allora troverai le risposte.'

Concluse come se sapesse esattamente di cosa stava parlando. Ero ipnotizzata da lui, dal calore della sua mano, da quello che mi stava predicendo. Improvvisamente Nick mi toccò il braccio e mi incitò a risollevarmi, rompendo l'incantesimo.

'Nonno ora riposa, è molto tardi. Vera verrà a trovarci ancora.'

'Certamente.' confermai io un po' confusa.

Non capivo perché Nick avesse interrotto quel momento così intenso.

Il nonno voltò lo sguardo a terra e, senza dire più nulla, socchiuse lentamente gli occhi che divennero due piccolissime fessure rigate.

Appena fummo fuori, nella veranda, Nick si scusò spiegandomi che il nonno aveva problemi di cuore e che non gli faceva bene provare emozioni a lungo. Lo aveva visto un po' troppo preso e aveva pensato bene di concludere.

'Mi ha fatto davvero piacere conoscerlo, si capisce che è un uomo speciale. Prenditi sempre cura di lui, mi raccomando.' dissi, anche se ero sicura che lo facesse già in maniera eccellente.

'Certo, lo farò. È meglio che io torni da lui adesso, perdonami. Noi ci vediamo domani per preparare l'escursione. Buona notte Vera.'

'Buona notte a te Nick.' non mi restava altro da dire e mi congedai.

In pochi minuti mi trovai comodamente sdraiata nel mio nuovo letto, immersa in un silenzio assoluto, quel silenzio della natura a cui dovevo ancora assuefarmi.

Presi in mano la rivista lasciata da Mary in hotel per una breve lettura prima di sprofondare tra le braccia di Morfeo.

Nell'aprirla volò via un foglietto bianco.

Lo raccolsi e, nel mentre, mi resi conto che era scarabocchiato a penna.

Lo guardai meglio. Sì!

Era la bozza della lettera alla madre.

Cara Mamma,

tu sei per me il legame d'amore più forte e profondo che ho su questa terra.

Abbiamo avuto momenti difficili io e te, di incomprensioni, di lotta, perfino di ripicche.

Tu eri giovane e io stavo crescendo. Eravamo piene di amore, di energia.

Sì, perché l'amore è energia, ma ha anche diverse facce e quando non riesce a risolvere le cose complicate dell'esistenza si ribella, perde la sua forma nobile e si trasfigura.

Ma può sempre tornare puro, basta volerlo. E proprio questo è il punto, basta volerlo.

Mamma, ti prego non piangermi perché io sarò felice, e, ti prego, sforzati di credermi anche se ti sarà difficile.

Ancora ti prego, sii felice per me come se fossi convolata a nozze col quel famoso principe azzurro che avresti sempre desiderato per me.

Qui è successa una cosa straordinaria, la natura mi ha parlato e io ho capito che si può essere gioiosi. Si può!

C'è una forza straordinaria nella natura.

Se la incontri e la guardi dritta negli occhi ti trasmette dei brividi profondi, si svela a te e ti accoglie. Basta volerlo.

Io, mamma, l'ho voluto, sì, e ho sentito quei brividi, e sono stata accolta.

Non è un sogno.

Io mi trasformerò e da domani potrò correre nei prati e scalare le montagne nella natura incontaminata. Cosa può essere più bello di ciò? Nulla!

Questo è quello che voglio, voglio essere un animale, un bellissimo "mule deer".

E domani lo sarò.

Ti spiego meglio Mamma.

I mule deer sono animali, sì, ma non solo.

C'è una forza in loro, una forza misteriosa che scaturisce dalla natura.

Quella stessa natura che l'essere umano sta a poco a poco distruggendo, adesso grida a squarciagola perché vuole salvarsi e, con sé, vuole salvare l'umanità intera.

La cosa meravigliosa è che la natura vuole che gli umani godano della vita!

Parlo di serenità, di spensieratezza, di amore e di rispetto: in poche parole parlo della gioia di vivere.

Chi desidera davvero ciò, si può accomodare: la natura ha scelto il tramite degli animali per farci entrare in contatto con il nostro pianeta e capire quanto sia importante rispettarlo in ogni sua forma di vita, compresi noi stessi.

E ha scelto i mule deer, un po' per caso, un po' per convenienza.

Sono animali miti e spensierati, vivono in una luogo incontaminato e il loro salto è elegante e ricorda la libertà e la gioia.

Purtroppo l'animo dell'uomo è malato, e non è più possibile in alcun modo guarirlo finché resta là dov'è, là dove si è auto condotto con la corruzione e l'egoismo. Deve uscire da quel luogo.

È un esperienza che tutti dovranno provare per fermare la corsa all'autodistruzione.

Questa trasformazione è necessaria.

Si deve tornare indietro se si vuole andare avanti, si deve tornare animali, animali con consapevolezza umana.

Solo così si potrà sperimentare quanto è fantastico il nostro pianeta e quanto è importante mantenerlo sano, pulito, pieno di amore.

Questa consapevolezza sarà la nostra forza; e quando sarà unanime, ci salverà.

Sono sicura che capirai mamma. È semplice, basta volerlo.

Ti voglio tanto, tanto bene.

Mary

Lessi tutto d'un fiato, ripassando più e più volte lo sguardo su alcune righe che ora mi si confondevano mentre il cuore batteva forte.

Mary era diventata un Mule deer!

Mi ero alzata dal letto e camminavo su e giù per quei pochi metri quadrati che avevo a disposizione.

Avrei voluto correre da Nick per mostrargli la lettera e condividere con lui quelle dichiarazioni incredibili.

Era una lettera pazzesca!

Certo poteva sembrare la farneticazione di una pazza squilibrata, magari di una persona prossima al suicidio.

Ma allora perché sulla zampa di un mule deer c'era lo stesso tatuaggio che aveva Mary sul polso? Io lo avevo visto coi miei occhi ed era una prova inconfutabile.

E poi, perché tutte le persone scomparse erano caratterialmente empatiche tra di loro e rispecchiavano le predisposizioni e i desideri che Mary descriveva nella lettera?

Era tutto vero, anche se folle. Me lo diceva l'istinto.

Mi vennero improvvisamente in mente le parole del nonno di Nick e rabbrividii.

'Tu scoprirai la verità, osserva la natura con l'occhio del cuore e lascia libero lo spirito della tua intuizione.'

Cercai di calmare quel mio spirito con dei respiri profondi, ripiegai accuratamente la lettera in quattro e la riposi nuovamente nel fondo della mia borsa, al sicuro.

Mi sdraiai e mi persi in un sonno inquieto.

18

Quando mi svegliai il sole era già alto.

La luce entrava con prepotenza nella mia stanzetta di legno chiaro e il suo riflesso colpiva bruscamente il mio viso. Stropicciai energicamente gli occhi per riprendere contatto con una realtà complicata, poi mi alzai di scatto.

Mentre mi trascinavo verso il bagno, i pensieri che avevano accolto il mio sonno la sera precedente mi si ripresentarono uno ad uno, impellenti come non mai.

Ero sicura di essere sulla buona strada, ma si trattava di una strada a dir poco difficile da percorrere, tanto più da esporre a chiunque, figuriamoci a Mr. Mariani!

Mi resi conto però che, a quel punto, poco mi importava di Mr. Mariani; sì, perché qui si trattava di ben altro e io volevo arrivare alla fine di quella strada a prescindere. Ad ogni costo.

Mi lavai il viso e nel guardarmi allo specchio ricordai che per quella stessa sera era fissata l'escursione notturna insieme a Nick. Fantastico!

Era un'ottima occasione per inoltrarmi nel parco e guardarmi attorno con calma e attenzione; anzi dovevo assolutamente convincere Nick a condurmi nei punti più reconditi del parco.

Avevo un'idea fissa in testa: dovevo trovare la comunità di cui parlava Mary nella lettera, gli umani trasformati in mule deer.

Avevo ancora tutta la giornata davanti e dovevo trovare qualcosa da fare, altrimenti sarei impazzita con quei pensieri per la testa, anzi, forse pazza già lo ero!

Infilai una comoda tuta di spugna color celeste, che si intonava perfettamente al cielo di quella giornata, e mi catapultai fuori.

Camminando verso la macchina lanciai un'occhiata alla casa in angolo, la casa di Nick.

Non c'era nessuno fuori e la finestrella che la sera prima era illuminata, ora aveva la persiana ben chiusa.

In realtà non sapevo dove andare e come occupare il mio tempo, ma non appena ingranai la marcia mi ritrovai automaticamente diretta verso l'hotel dove avevo soggiornato le sere precedenti.

Pensai di fare colazione là e di incontrare Ianni, possibilmente.

Non avevo collegato il pc e non sapevo se Mariani mi avesse scritto o meno, poco importava.

Mentre guidavo mi guardavo intorno: la giornata era promettente, il cielo era terso e l'aria fresca. La luce era fantastica e rendeva i colori definiti e brillanti, una gioia per gli occhi e per il cuore, e avvertii le mie labbra aprirsi spontaneamente in un sorriso.

Malgrado tutto quello che avevo vissuto in quei giorni, le emozioni, le stranezze, le preoccupazioni, i presagi e quant'altro, ero sorprendentemente felice di essere lì. Mi sentivo viva come non mai.

Pensai che quella notte avrei potuto toccare le stelle con un dito e non sapevo se mi emozionasse di più l'idea di

Nick e me sotto le stelle o l'idea degli umani trasformati in mule deer.

Mi venne da ridere.

Chi è normale non ha molta fantasia... cantava quel famoso artista che mi piaceva tanto in un altro suo pezzo memorabile e allora io non ero per niente normale, dato che di fantasia ne stavo macinando parecchia.

Più ci pensavo e più mi rendevo conto che avevo una gran voglia di andare a fondo, di scoprire, di vedere.

Ma, in fondo, io già ci credevo.

Con la leggerezza nel cuore parcheggiai l'auto e entrai nella hall dell'albergo.

'Buongiorno signora Spark.'

David, da dietro la reception mi sorrise amichevolmente. Iniziavo a sentirmi come a casa ed era una bella sensazione.

'Buongiorno David, il Signor Ianni è in albergo?'

Osservai di nuovo quel suo gilet stile old western mentre aspettavo la risposta e pensai a quanto dovesse sentirsi ridicolo in quei panni. Ma forse mi sbagliavo. Di certo era più divertente vestire così che indossare quelle divise grigio nere con giacca e cravatta, che a Milano facevano sembrare tutti gli uomini degli automi.

'Ho visto il Signore pochi minuti fa, stava andando a fare colazione.'

'Grazie David, allora lo raggiungo, e di nuovo buona giornata.'

Affrettai il passo e non appena entrai in sala colazione lo vidi seduto a un tavolo. Non era solo, con lui c'era la signora Morgan. Mi avvicinai con decisione.

'Ciao Ianni, Dottoressa buongiorno... posso unirmi a voi?' la dottoressa nel vedermi si alzò e mi abbracciò calorosamente.

'Cara, cara, ma certo! Stavamo proprio parlando di te.'

'Ah davvero!?'

Guardai Ianni negli occhi per intuire qualcosa, la dottoressa non era certo un tipo riservato e la sua affermazione suonava quasi allarmante.

Ianni sembrava noncurante e mi sorrise a metà.

'Stamani ho avuto il piacere di conoscere il fratello di Mary e gli stavo appunto raccontando un po' di cose su quello che è successo prima della sparizione di Mary. Sì, be', tutte cose che tu già sai cara.'

'Certo, certo,' annuii. Chissà se gli aveva parlato anche della lettera?

'Sì, ma questa ipotesi di un suicidio è assolutamente ridicola, Vera!' esclamò improvvisamente Ianni.

'Sono d'accordo,' aggiunsi io immediatamente. E ne ero più che convinta.

'Eppure a quanto pare la polizia seguirà proprio questa strada; la signora Morgan mi ha raccontato tutto dell'incontro che ha avuto con il tenente Deverou, di quello che ha detto loro,' continuò e la guardò con un'espressione alquanto infastidita, 'è ovvio che alla luce del racconto sul comportamento di Mary il giorno precedente alla scomparsa, si possa desumere che qualcosa non andasse bene in lei, ma io sono sicuro che non si è suicidata!'

Mi sentii in dovere di intervenire di nuovo.

'Ianni, non mollare. Io sono convinta che tu abbia il diritto, come fratello di Mary, di rivendicare la sua credibilità da questo punto di vista. Cosa importa un giorno vissuto tra sconosciuti rispetto a una vita passata insieme?'

Ianni cambiò espressione e mi afferrò una mano, stringendola forte.

'Vera, il problema è che queste sparizioni sono diventate un fardello troppo pesante per la polizia locale, non sanno come venirne fuori, per loro è un enigma irrisolvibile! E allora cosa fanno? Minimizzano, anzi, meglio ancora, depistano! Questo è quello che penso in tutta sincerità. Le unità cinofile che hanno perlustrato il parco il giorno seguente alla sparizione di Mary non hanno trovato alcun corpo, quindi…'

La sua stretta mi stava facendo male, ma mi trattenni dal trasalire comprendendo la sua passione.

'Io posso confermare che Mary era molto serena quando si è addormentata nella mia camera. Sì, è vero che poco prima aveva parlato in maniera un po', come dire, criptata, confusa, ma sembrava anche che avesse risolto qualcosa, che avesse in mente un progetto nuovo. E questo proprio non ci sta con un suicidio!' aggiunse la dottoressa come se volesse riabilitarsi davanti a Ianni e sostenere la sua posizione, nonché il suo morale.

Intanto la sala si era svuotata, la maggior pare dei turisti era diretta alle escursioni e i camerieri stavano sbaraccando.

Feci giusto in tempo a bere un caffè e a trangugiare, tra una frase e l'altra, un pezzo di crostata di ciliegie avanzato sul tavolo dai miei due amici e commensali.

'Ho deciso di tonare in Grecia, parto oggi stesso.' esordì Ianni con tono risoluto dopo qualche minuto di silenzio, 'È inutile la mia presenza qui adesso. Ma presto tornerò con un investigatore privato, andrò a fondo a modo mio e troverò Mary. Dovunque sia!'

Ianni aveva carattere e lo stava dimostrando.

Alla fine era giunto alla stessa conclusione per cui io mi trovavo lì. Non ero forse un'investigatrice privata ingaggiata dalle famiglie degli scomparsi?

Pensai a Mary, dovunque fosse, o piuttosto chiunque fosse… mi sarebbe piaciuto tranquillizzare Ianni, dargli una ragione, una spiegazione, un'ipotesi…

Invece tra noi ricadde il silenzio e dopo pochi minuti ci alzammo dal tavolo.

Nella hall ci scambiammo i cellulari, promettendo di risentirci e di tenerci aggiornati sugli eventi.

Forti abbracci e raccomandazioni e poi, l'addio.

Uscire dall'hotel e ritrovare il cielo azzurro e l'aria leggera fu confortante.

La colazione era stata piuttosto tesa, ma cosa potevo aspettarmi da un uomo nelle condizioni di Ianni?

'Hey, Vera!'

La voce di Nick mi scosse mentre stavo per salire in auto.

'Ciao Nick! Che fortuna incontrarti adesso!'

Ero felice di vederlo.

A dire il vero, ero sempre felice quando incontravo Nick, aveva il potere di trasmettermi energia e serenità.

'Cosa ci fai qui? Senti già la mancanza dell'albergo?'

'Un po' si, lo ammetto. Ma più che altro della colazione.'

Gli strizzai l'occhio.

'Ho incontrato Ianni, il fratello di Mary, pover'uomo, mi fa tanta pena.'

Dissi abbassando lo sguardo a terra.

'Ci credo Vera, ci credo. Ma questa Mary ti sta entrando troppo nel sangue, non dovresti pensare di più al tuo libro invece? Una bella passeggiata all'aria aperta per esempio?' E con un ampio gesto del braccio mi mostrò il paesaggio circostante come se fosse su un palcoscenico.

Non risposi.

'A proposito Nick, a che ora partiamo questa sera? Le stelle sì che mi aiuteranno per l'ispirazione!'

Nick era davanti a me, molto vicino. Il mio cervello lo passò allo scanner: indossava una t-shirt bianca e dei pantaloni blu di cotone, ben stirati.

Era bello. Non si poteva negare. Così, semplicemente.

I suoi capelli scuri e lucidi svolazzavano su quegli occhi profondi, disegnati come se fossero leggermente truccati di kajal. Sentivo anche il suo odore, era buono, sapeva di pulito.

Ebbi un brivido e forse anche lui lo ebbe, dato che mi fissò negli occhi per qualche istante senza emettere alcun suono. D'istinto, feci un passo all'indietro.

'Ehi Nick, a cosa pensi?' lo stuzzicai.

'A quelle stelle.' rispose lui, riavvicinandosi a me.

Oh nooo, non era il momento di flertare. Nick! Cosa mi stai combinando? Pensai in preda al panico.

Lui mi prese la mano sinistra, la mano del cuore.

'Stanotte Vera, tu vivrai un'esperienza fantastica: ho deciso di portarti in un sito particolare, non quello dove si portano solitamente i turisti.'

La mia mano nella sua e i miei occhi in cerca di una via di fuga, cosa stava succedendo?

'Sai, il nonno è rimasto molto colpito da te, davvero molto. Dice che meriti di vedere il posto del Coyote.'

'... del Coyote?' echeggiai con un filo di voce.

Nick lasciò improvvisamente andare la mia mano, restandomi sempre vicino.

'Il nonno crede nelle leggende, ricordi?' mi sussurrò nell'orecchio, e i brividi tornarono.

'Io invece non tanto. Ricordi anche questo?' bofonchiò, arretrando di un passo.

Infilandosi le mani nelle tasche assunse improvvisamente un'aria scanzonata e chiuse di botto quella parentesi intrigante che si era instaurata per qualche istante tra di noi.

'Però, però...' si riavvicinò, lasciandomi nuovamente sul filo.

Era davvero snervante quel suo gioco, mi stava facendo impazzire, ma pendevo dalle sue labbra.

'Però... eh sì, però, ti devo assolutamente portare nel luogo della leggenda, l'ho promesso ormai e non posso deludere il nonno. Mai e poi mai.'

Concluse scuotendo il capo e agitando i suoi bei capelli al vento.

'Wow,' esclamai io facendo un salto di gioia, 'wow e ri-wow!'

'Sì, sì, wow!' Nick rise, scimmiottandomi.

'Ma soprattutto, parlando seriamente, è un punto con una vista mozzafiato. Sai andare a cavallo Vera?'

Ora era tornato ad essere il Nick versione ranger e io lo adoravo.

'Be', al passo sì. Può bastare spero!' l'emozione saliva.

Troppe sorprese in un colpo solo, mi sentivo ribollire il sangue malgrado l'aria fresca intorno.

'Ok è sufficiente, sì; diciamo che l'importante è che tu non abbia paura, al resto penserò io.'

'Oh no Nick! Quale paura!' non sapeva che con lui avrei scalato una montagna.

'Perfetto allora. Alle sette in punto vieni da me, io porterò i sacchi a pelo, le coperte e tutto l'occorrente, staremo fuori fino all'alba. Tu vestiti a cipolla e con jeans pesanti. Tutto chiaro?'

Mi lasciai lentamente appoggiare sul fianco dell'auto e cercai di assumere un'espressione trasognata,

'Sono già là col pensiero, sarò puntualissima! Non hai di che temere, ragazzo...'

Era esattamente ciò che volevo. E Nick non si immaginava lontanamente l'importanza che tutto ciò avesse per me.

19

Mi trovavo di nuovo sola nella mia stanzetta di legno chiaro. Era un nido confortevole, ci stavo bene.
Accesi il pc, dovevo, anche se temevo di trovare mille mail di Mr. Mariani.
Ne trovai una sola.

---- Ciao Vera,
spero che il materiale che ti ho girato ti sia servito e di seguito trovi anche i due profili mancanti.
Come mai ti interessa il profilo caratteriale delle persone scomparse?
Spiegami che strada stai seguendo per iniziare a fare un report alle famiglie.
Sono abbastanza libero da impegni importanti ad oggi, quindi posso dedicarmi di più a te e al caso. Se necessario potrei anche raggiungerti per supportarti.
Attendo tue news al più presto ----

Ebbi un tuffo al cuore. Mariani voleva venire a Bryce Canyon!
Sarebbe stato un vero disastro. Come avrei fatto a spiegargli quello che mi girava per la testa? IMPOSSIBILE.
Dovevo assolutamente trovare un modo per tranquillizzarlo e non farlo partire.
Pensai, mi concentrai, e alla fine elaborai una strategia.

---- Buongiorno Mr.,

mi scusi se l'ho fatta attendere, sono stata molto impegnata.

Prima di tutto le spiego come mai mi interessano i profili caratteriali degli scomparsi.

Ho notato delle similitudini piuttosto peculiari tra Mary, la ragazza scomparsa che ho conosciuto personalmente, e gli altri scomparsi.

Su di loro avevo letto qualche cosa nel primo rapporto e poi, a Los Angeles, mi è capitato di approfondire l'argomento parlando con mia cugina.

Risultato: non ce n'è uno, dico, non uno tra questi scomparsi, uomini, donne, giovani o meno giovani che siano, che non denoti una profonda riluttanza verso cose come la tecnologia usata in maniera impropria, gli usi e i costumi superflui e distruttivi, la falsità, l'opportunismo, l'apparenza, l'egoismo. Insomma verso tutto ciò che è dannoso per l'essere umano e per il pianeta.

In pratica sono tutti degli animi puri, fortemente insoddisfatti per come sta girando il mondo e vivono a disagio tra la massa uniformata al sistema.

Mi è sembrato un punto interessante e l'ho integrato e confermato con quanto lei mi ha inviato, dietro mia richiesta.

Ho delle basi per pensare che queste persone siano parte volontaria di una specie di enorme "flash-mob" multirazziale dedicato alla natura, alla purezza, alla semplicità. Credo di essere su una buona pista, mi è difficile darle maggiori dettagli ma le chiedo di avere fiducia in me ancora per qualche giorno.

Non voglio che nessuno si insospettisca quindi ritengo sbagliato che lei mi raggiunga in questo momento cruciale.

La ringrazio, per la fiducia, a presto

Vera ----

Non ero poi andata molto lontano da quello che realmente pensavo, nel concetto perlomeno. E questa idea del flash mob era caduta dal cielo.

I dettagli concreti, quelli, era meglio non specificarli.

A questo punto mi concentrai sui profili nuovi...

Angeli B. 37 anni, Firenze.

Laureata in geologia
Lavorava all'università, nella ricerca.
Ultimamente si era dedicata all'approfondimento del tema deforestazione. Aveva scritto un libretto da divulgare agli studenti universitari in cui si spiegava come la deforestazione, unita all'inquinamento provocato dai gas e alla grande quantità di rifiuti da smaltire provenienti dall'industria, costituissero un cocktail micidiale per il pianeta terra.

Spiegava che il surriscaldamento globale era una conseguenza immediata di tutto ciò e i cambiamenti climatici nel mondo erano la prova tangibile della gravità della situazione.

Era convinta che solo sensibilizzando i giovani a questo argomento, si potesse sperare in qualche cambiamento positivo.

Antonio C. 21 anni. Palermo

Sensibile e generoso.
Studiava psicologia e malgrado la giovane età aveva sviluppato una grande propensione all'assistenza, tanto che nel tempo libero lavorava come volontario in un call-center del telefono amico per sostenere le persone in difficoltà.
Gli amici lo definivano una persona di gran cuore, non sopportava la cattiveria e l'individualismo ma, in primis, l'indifferenza.
Sosteneva che l'indifferenza era il male maggiore dei nostri tempi.

Malgrado mi aspettassi qualcosa del genere, rimasi senza parole!
Tutto convogliava nella direzione che avevo in testa e anche di più.
Ormai ero alla svolta finale.
Mi stiracchiai soddisfatta e decisi di farmi una doccia.
Poi scelsi accuratamente gli abiti che avrei indossato per l'escursione, e uscii nuovamente.
Avevo in mente di fare una passeggiata nel boschetto adiacente alla mia abitazione. Volevo liberare la testa e rilassarmi, come aveva suggerito Nick.

Calpestando la terra del suolo, secca e polverosa, pensai che fosse un miracolo trovare delle piante su un terreno del genere e, in effetti, non si trattava certo di un bosco rigonfio di fronde intricate.

Qua e là gruppetti di pianticelle di media altezza richiamavano piuttosto l'idea di una prateria, ed io cominciai a seguire un sentiero vagamente battuto, come aveva fatto a suo tempo cappuccetto rosso in una storiella ben nota a tutti. Probabilmente si trattava di una passeggiata già sperimentata da altri esseri umani; da qualche parte mi avrebbe pur condotto.

Il silenzio aumentava ad ogni passo che facevo, interrotto solo da qualche fruscio e dallo scricchiolio delle mie scarpe sul terriccio. Camminai per una ventina di minuti, forse mezz'ora.

Man mano che procedevo, le piante si infittivano e iniziai ad avvertire una frescura sulla pelle, come una carezza lenitiva. Un ruscelletto in lontananza richiamava un senso di pace.

Chissà come doveva sentirsi un mule deer correndo tra le praterie? Pensai d'un tratto.

Mi fermai e feci un lungo respiro a pieni polmoni, poi chiusi gli occhi e lasciai andare il capo in avanti, molle, rilassato... Ahhhhh!

Lasciai andare tutto. Le tensioni, i pensieri, le emozioni.

Feci quelle mosse, esattamente come insegnava il mio maestro yogi a Milano in uno scantinato pieno di tappetini e addobbato, per la pratica, con incensi e soffuse luci arancioni.

Diceva: lascia andare, molle, lascia andare... ahhhhhh!

Per la prima volta riuscivo a sentire quel vuoto in testa che avevo sempre cercato in quello scantinato, senza mai trovarlo.

In questo stato di quasi meditazione, ebbi la sensazione di non essere sola; ma avevo gli occhi chiusi e non volevo aprirli.

Un tocco veloce sfiorò la mia mano che penzolava inerme. Qualcosa di caldo e vellutato.

Poi avvertii un fruscio più definito proprio dietro di me e mi girai. Ero intontita, ma piano piano aprii gli occhi e misi a fuoco: un mule deer correva tra i cespugli con balzi spettacolari, tutte le quattro zampe sollevate come in volo, e in un attimo sparì.

Si dice le coincidenze.

Mi chiesi se stessi vivendo in una favola o se fosse uno scherzo della mia fantasia.

Ma in fondo non è la stessa cosa?

La favola non è forse un gioco della fantasia?

Certamente, la favola non è altro che fantasia proposta come se fosse realtà.

Tutto si confonde e, finché ci si crede, tutto è possibile.

Ed è in quel preciso momento che inevitabilmente la fantasia si trasforma in realtà. Quando ci si crede.

È un gioco di parole, ti genera confusione. È forse un inganno?

No, no. È la cosa più bella del mondo: parte tutto dal desiderio.

È il desiderio di qualcosa che genera la favola, usando la fantasia.

Di solito desiderio d'amore, ma anche di giustizia o di felicità.

Il desiderio è la nostra energia più grande, è la nostra ragione e fonte di vita, è tutto.

La forza dei nostri desideri è enorme, assoluta, riesce perfino a trasformare i sogni in realtà.

Rifletti Vera: chi desidera sogna e chi sogna sta usando la fantasia per poter sognare, ma alla fine determina la realtà.

Un uomo senza desideri è un uomo senza sogni e un uomo senza sogni non potrà mai creare nulla.

Parole, pensieri, conclusioni. Ma non ero io a formularle!

Vagavano nella mia mente come in un vortice, troppo complesse, troppo astratte per la mia povera testolina da investigatrice privata alle prime armi.

Eppure scorrevano lì, come un fiume in piena, e io non potevo che lasciarmi trascinare. Poi il silenzio assoluto.

Cosa mi stava succedendo?

Forse la suggestione mi aveva tirato un brutto scherzo.

Si, sicuramente si trattava di suggestione perché, va bene avere delle idee fuori dalla norma, anche molto fuori dalla norma. Ma sentire delle voci nella testa diventava un fatto alquanto preoccupante e io non ero pronta a niente del genere.

Non ancora perlomeno.

Però il mule deer, quello lo avevo visto davvero. Non c'erano dubbi.

Allungai il passo per tornare indietro e raggiungere la mia stanzetta al sicuro da tutto e da tutti, compresi i mule deer.

Mi fiondai nel letto e tirai la coperta fin sopra alla testa per non vedere più nulla intorno.

20

Mi risvegliai di botto per un forte rumore che proveniva dall'esterno.

Sembrava una motosega o qualcosa del genere, faceva davvero un rumore assordante.

Presi il cellulare dalla tasca della felpa che mi si era raggomitolata addosso e toccai il display per vedere l'ora: erano le sei. Alle sette avevo appuntamento con Nick!

Quel pensiero fu come un'improvvisa iniezione di energia e saltai in piedi nel giro di pochi istanti.

Mi avvicinai alla finestra.

Il mio padrone di casa, giù in giardino, stava tagliando una siepe ingiallita e secca ma non sembrava saperci molto fare e la moglie lo osservava perplessa tenendosi a debita distanza.

Non era rassicurante come scena, ma senza quel rumore sarei sicuramente arrivata in ritardo al mio appuntamento.

Mi vestii come da manuale e raccolsi i capelli in una coda alta per essere comoda.

Nel guardarmi allo specchio decisi di non truccarmi per nulla, invece sgranocchiai con gusto dei biscotti e del buon cioccolato che avevo tenuto da parte, non avevo pranzato e ora avevo una gran fame. Anche il rumore finalmente cessò.

Indossai l'ultimo capo della mia divisa, un cappellino ad unghia, misi lo zaino a tracolla e mi incamminai baldanzosa verso la casa di Nick.

Lo intravidi in lontananza.

Era sotto la veranda e trafficava con qualcosa, piegato su un grosso zaino. Sicuramente aveva pensato a tutto, lui era un ranger in fin dei conti e potevo stare tranquilla. Varcai la soglia con passo grintoso e lo raggiunsi.

'Ciao ragazzo, eccomi! Sono pronta per la grande avventura,' ero emozionata.

Nick si voltò e, dopo essersi passato una mano sulla fronte imperlata di sudore, si alzò riacquistando immediatamente quel suo bel portamento fiero.

'Benissimo Vera, sei puntuale. Buon segno perché la tabella di marcia è molto precisa, dobbiamo arrivare al campo entro le otto, al massimo.'

'Ai tuoi ordini capo.' accennai un attenti alla militare.

Nick sorrise senza commentare il mio gesto. Sembrava molto concentrato nei preparativi e lanciò un'occhiata finale allo zaino che aveva appena chiuso.

Notai delle grosse borracce d'acqua appese ai lati.

Di sicuro non saremmo morti di sete, pensai, anch'io avevo predisposto un rifornimento idrico nel mio piccolo zaino.

'Entriamo a salutare il nonno e poi partiamo, ok?' annuii, ed entrammo in casa.

Stavolta il nonno giaceva sdraiato, apparentemente appisolato, nel suo letto, in uno stanzino buio che si sviluppava appena dietro al soggiorno.

'Nonno, nonno...' Nick lo scosse con delicatezza e lui aprì lentamente i suoi piccoli occhi scuri e ci osservò.

'Noi andiamo nonno, ricordi? Porto Vera nel parco per l'escursione notturna, come ti ho promesso.'

'Bravo Nick, tu sai dove portarla e non scordarti di rac-
contarle la leggenda, è importante.' sussurrò con un filo di
voce. Poi voltò lo sguardo verso di me e continuò,
'Ricorda Vera, l'occhio guarda ma è l'anima che vede.'
'Certo nonno, lo farò, non temere. Tu riposa e, mi raccomando, se hai bisogno di qualcosa, di qualsiasi cosa,'
sottolineò Nick con enfasi, 'usa il walky-talky.' si girò e
indicò con la mano una scatoletta nera sistemata sul comodino, alla destra del nonno. 'Sai che risponde il tuo amico
Andrew dalla centrale, a qualsiasi ora, anche solo per due
chiacchiere. Va bene nonno?'
Il nonno assentì col capo.
'Vi penserò ragazzi,' concluse poi con aria soddisfatta.
'Grazie, grazie di cuore. Grazie per tutto.' dissi io. Nick lo
baciò su una guancia.
Appena fuori salimmo sul pick-up e in una decina di minuti raggiungemmo un capannone, dove trovammo i ca-
valli.
Fortunatamente non ebbi difficoltà a salire in groppa.
Il mio cavallo era di media stazza e sembrava docile, mal-
grado fosse completamente nero.
Ma poi che c'entrava il colore? Il suo nome era Blacky.
Nick invece montava un esemplare notevole, alto e robu-
sto, di color marrone scuro uniforme. Lo aveva caricato
anche delle varie borse che aveva a seguito. Si chiamava
Andaman.
'Ci aspettano circa due ore di cammino Vera, procedere-
mo lenti, al passo e ci godremo il paesaggio.'
'Fantastico Nick, ma scusa, per queste escursioni a cavallo,
per lo più notturne, non ci vogliono dei permessi speciali,

delle autorizzazioni? Mi sembra di aver letto qualcosa del genere sugli opuscoli.'

'Giusto Vera, è corretto. Ma tu sei con me e io garantisco le modalità di svolgimento della gita. O meglio, diciamo che un ranger sta effettuando una perlustrazione d'ufficio con la sua nuova assistente, ti piace? Naturalmente l'assistente è in prova... non ti illudere!' e scoppiò in una gran risata.

'Be', come scrittrice esordiente ci può stare un'esperienza da assistente ranger nei parchi californiani! Il mio curriculum vitae acquisterà di spessore.'

Risi di gusto anch'io.

Io e Nick stavamo davvero bene insieme.

Iniziava a fare buio ma la luna, quasi piena, aveva già acceso la sua luce d'emergenza per noi.

Alla luna non importa di chi sosta nei ristoranti o nelle case, tutti posti strapieni di noiosissime lampadine fluorescenti.

Alla luna importa di chi vaga all'aperto, semplicemente sotto il cielo.

Alla luna preme di affiancarsi al tramonto per rendere meno brusco il passaggio dalla luce al buio. Ma non è tutto.

La luna è femmina e vuole far notare che lei, la luna, non è certo meno bella e meno importante del sole.

Ma di tutti questi meravigliosi giochi della natura, può godere solo chi vaga sotto il cielo, chi ha intorno a sé abbastanza spazio aperto per alzare lo sguardo all'infinito, abbastanza spazio aperto per respirare a pieni polmoni la natura e la sua energia.

Il cemento invece porta lo sguardo verso il basso.

Il cemento induce gli occhi a chiudersi, la mente ad appiattirsi, lo spirito a soffrire.

Quanti uffici a New York, a Londra, a Tokyo, a Milano e via dicendo, pullulano di uomini e donne che sbadigliano, che sono tristi, stanchi, senza energia?

La visuale iniziava pian piano a presentare aspetti scenografici e, mentre Nick mi indicava con orgoglio picchi rocciosi modellati a ferro di cavallo e vallate a forma di anfiteatri, io mi abbandonavo a quegli spazi e a quei colori e mi perdevo in pensieri che affioravano nella mia mente, senza sforzo, senza concentrazione.

Ad un tratto Nick si fermò e saltò giù da cavallo.

'È tempo di sgranchirsi le gambe,' disse stiracchiandosi le membra.

Anche Blacky si fermò seguendo l'esempio del suo compagno.

'Che fai Vera, non scendi?'

Nick si avvicinò e mi porse il braccio per aiutarmi nella discesa, da vero gentlemen.

Allora appoggiai una mano di qua e una di là, mollai le staffe e scivolai giù ma qualcosa andò storto e rotolai malamente. Nick mi afferrò con decisione e per un istante i nostri corpi si strinsero.

Ormai ero salva, ma l'abbraccio continuava.

'Tutto bene Vera?' sussurrò Nick, e mi sembrò che la sua voce tremasse.

Le sue labbra erano all'altezza del mio orecchio destro e la sua guancia sfiorava la mia.

'Bene, bene,' risposi e lo strinsi di più a me.
'Ti sei spaventata? Non preoccuparti, ci sono io.'
Nick mi stava accarezzando la guancia sinistra con la mano che sfuggiva alla mia presa e per qualche istante mi sentii al settimo cielo. Subito dopo un senso di disagio mi pervase.
'Sono davvero una frana,' farfugliai sgusciando dalle sua braccia come un'anguilla.
Nick non si scompose e trattenne la mia mano.
'Vieni con me Vera, pochi passi più in là c'è un punto belvedere con una visuale più unica che rara. Ti passerà ogni timore.'
Ci avvicinammo a una piazzola e, miracolo dei miracoli, davanti a noi si aprì una meraviglia mai vista prima, almeno per quanto mi riguardava.
Eravamo già a una certa quota, coi cavalli avevamo scalato il pendio senza sforzo e ora potevamo dominare il paesaggio. E che paesaggio!
Una valle infinita si apriva all'orizzonte, come un mare senza acqua.
Una tavolozza di colori, di rossi, di arancioni, qualche pennellata di bianco e quei picchi incredibili.
Tra me e Nick solo il rumore del silenzio e un tramonto appena consumato che rendeva il tutto incredibilmente magico e surreale.
Restammo fermi, in contemplazione, mano nella mano.
'Che emozione Nick.' dissi. Non avevo altre parole.
'Tra poco si aggiungeranno anche le stelle Vera e allora ti garantisco che sarai definitivamente stregata!'

'Suona fantastico, ma mi fa anche un po' paura... E il bello è che non capisco come mai...'

'Forse Vera, non sei ancora riuscita a lasciarti andare del tutto. Sì, io penso che tu sia ancora un po' "inquinata", capisci cosa intendo? Ma non è certo colpa tua, anzi tu hai fatto passi da gigante, si vede dal tuo sguardo. Vedrai che dopo questa notte le parole sgorgheranno come un fiume in piena dalla tua anima direttamente alla tua penna.'

Nick mi vedeva cambiata e lo ero, molto. Ma aveva ragione.

Non ero ancora pronta ad abbandonarmi completamente alla natura, al suo potere.

D'un tratto iniziò a pesarmi quella bugia che mi separava da lui.

Nick non sapeva chi fossi in realtà e cosa stessi facendo lì, o meglio, cosa avrei dovuto fare lì.

Come avrebbe reagito se lo avesse saputo?

Lui mi aveva accolta nei suoi spazi più intimi, a casa sua, col nonno. Io invece gli stavo mentendo.

Ma non volevo ferirlo e gli sorrisi.

'Manca ancora molto per arrivare a... destinazione?'

'Ah ah... sei curiosa allora? Ottimo segno! No, ci siamo quasi.

Dai, dai... rimettiamoci in sella e riprendiamo la marcia.'

Lui davanti, io dietro, in fila indiana, per l'appunto.

Strano, non avevo visto animali durante il cammino, se non qualche uccello spiccare il volo tra un albero e l'altro, e qualche piccolo, delizioso scoiattolo molto simile a chip & chop.

Nessun Mule deer.

Iniziavo a essere stanca di stare a cavallo, ero infreddolita e impaziente. Finalmente Nick si fermò.

'Eccoci arrivati, questo è il posto preferito dal nonno per ammirare il cielo stellato.'

Mi guardai intorno: era buio ormai, ma la luce della luna era incredibilmente forte.

Ci trovavamo in una radura e intorno a noi c'erano alberi alti, di genere montano, la sensazione era di trovarsi nel centro di un cerchio ritagliato apposta per noi nel mezzo di un bosco.

Mi affrettai a scendere da cavallo senza aspettare l'aiuto di Nick.

Temevo altri incontri riavvicinati con lui, e per mia fortuna ci riuscii senza intoppi.

Il silenzio continuava ad avvolgerci come un terzo compagno di viaggio.

Nick prese i cavalli e li legò a un grosso sasso poco distante, li abbeverò e li accarezzò. Infine mi raggiunse.

'Ok Vera, adesso possiamo sistemarci anche noi. Hai freddo?'

'Ebbene sì, devo ammetterlo. Qui ci vuole qualcosa per sopravvivere alla notte!'

Esclamai simulando un brivido, che era poi reale. L'escursione termica iniziava a farsi sentire.

Ho un piumino nello zaino, lo prendo immediatamente.'

Nick fece una smorfia di dubbio. 'Il piumino sarà utile, ma non sufficiente. Non temere però, ci sono i sacchi a pelo tecnici e con quelli non avremo problemi, fidati.'

Poi sorrise in una maniera alquanto enigmatica.

'Ma prima di infilarci dentro a quegli scafandri, ti invito a cena sotto le stelle.'

'A cena? Nick, sei sorprendente lo sai? Mi lasci senza parole.'

'Be', cena si fa per dire,' smorzò il tono, 'ma pensavi di rimanere senza cibo fino all'alba?'

In effetti non avevo mangiato prima di raggiungerlo per la partenza, ma avevo preso qualche piccola precauzione anch'io.

'Certo che no! Uno spettacolo simile disturbato dai gorgoglii del mio stomaco non sarebbe carino, allora mi sono portata dei panini e del cioccolato. E ne ho anche per te naturalmente!'

'Oh, benissimo. Allora abbiamo anche il dolce, cosa vogliamo di più! Io invece ti offro la torta salata che facciamo sempre quando andiamo in escursione, con uova sode e verdure grigliate, può andare?'

'Direi che possiamo sederci e iniziare subito. Prima avevo fame, ma adesso devo assolutamente mangiare!'

Nick rise e iniziò subito a darsi da fare.

La nostra cena sotto le stelle fu inaspettatamente silenziosa.

La torta salata era davvero buona e alla fine ci concedemmo un po' del mio cioccolato, che Nick sembrò gradire molto.

Poi insieme riponemmo gli avanzi in un sacchetto che lo scrupoloso ranger richiuse con cura e sistemò nel fondo del suo zaino. Lasciammo fuori solo le borracce con l'acqua.

Iniziai ad avvertire un leggero imbarazzo tra di noi, cercavamo entrambi di nasconderlo, ma c'era, e i lunghi silenzi ne erano la prova.

'Dovevi raccontarmi una leggenda, o sbaglio?' azzardai io d'un tratto per rompere il ghiaccio.

'Ummm, sì, certo. Non l'ho dimenticato, per nulla.'

Nick si era mosso e io lo seguivo con lo sguardo, aveva preso i sacchi a pelo e li stava srotolando e sistemando uno accanto all'altro sopra ad un grande telo cerato.

'Puoi accomodarti Vera, a stomaco pieno è preferibile stare al caldo,' disse e fece una specie di inchino verso le nostre nuove postazioni.

'Esaudirò il tuo desiderio quando avremo le stelle negli occhi, o gli occhi nelle stelle, a tua scelta.'

Non appena fummo sdraiati lo spettacolo iniziò.

'Il nonno mi ha raccontato questa leggenda centinaia e centinaia di volte, fin da quando ero bambino. Malgrado ciò io non sarò mai in grado di raccontarla come lui. Ma ci provo.'

Esordì così mentre i mille bagliori delle stelle avevano già iniziato a cullare il mio spirito. E fu come una ninna nanna primordiale.

Si narra che nel tempo in cui gli indiani Paiute si aggiravano in questi luoghi ameni utilizzati da loro come riserva di caccia e di raccolta, si tramandasse di padre in figlio il racconto di un episodio misterioso avvenuto nei tempi che furono, episodio che spiega l'esistenza dei famosi pinnacoli rossi del parco.

I 'Legend People' (To-when-an-ung-wa) vivevano nel Bryce canyon.

Erano animali, sì, ma animali strani, con sguardo umano. Ed erano malvagi.

Il Dio Coyote era molto dispiaciuto e infastidito dalla loro malvagità e un giorno decise di punirli e sterminarli tutti trasformandoli in pietre, appunto i pinnacoli che vediamo oggi nel parco.

I pinnacoli sono le facce rosse dei Lengend People pietrificati.

Alcuni in piedi, vicini, altri gli uni addosso agli altri,così come si trovarono in quel momento fatale.

Questa è la leggenda,Vera.

Ci dice che la natura è speciale a Bryce Canyon, è dominante e non permette alla malvagità di instaurarsi.

Il Dio Coyote, che poi è la natura stessa, si oppone a ciò che tenta di distruggere la purezza circostante.

E lo fa tramite dei fatti misteriosi, ma bisogna crederci. Tu ci credi Vera?

Sentivo le sue parole come se venissero da una stazione radio in lontananza, leggere, mi cullavano, e la mia mente vagava. Feci fatica a rispondergli.

'Questa storia, se devo essere sincera, la conosco già farfugliai.'

Trascinavo le parole a forza come si fa quando si è mezzi addormentati.

'L'ho letta sugli opuscoli in albergo, la prima sera. È una leggenda affascinante.'

'Ma non è finita qua, Vera. Ora ti svelerò ciò che il nonno vuole che tu sappia...

C'è un seguito, una seconda parte della leggenda che non troveresti su nessun opuscolo perché i discendenti dei Paiute l'hanno tenuta gelosamente nascosta.'

Ascoltavo esterrefatta questa novità lasciandomi andare alla più sfrenata fantasia, disarmata dal fascino del mistero, da Nick e da un mare di stelle brillanti.

Si narra che il Dio Coyote abbia pianificato un altro evento misterioso in un futuro imprecisato.

Si narra che anche questa volta userà gli sguardi degli animali, ma in un'altra maniera.

Il Dio Coyote ha capito che pietrificando i malvagi non ha risolto nulla, la malvagità è tornata e ha invaso il pianeta in mille forme.

Questa volta, invece che tentare di debellare la malvagità, tenterà di far dilagare la gioia del vivere.

Il Dio Coyote sa che tale gioia è più contagiosa di ogni altra cosa o sentimento, ma, "condizione sine qua non", bisogna provarla: il cieco non può apprezzare la luce dell'alba perché non la può vedere e descrivergliela non è sufficiente, l'uomo non può vivere in armonia con se stesso e col pianeta perché non sa cos'è la vera gioia e un suo finto riflesso non è sufficiente.

Il Dio Coyote, nella sua casa senza tempo, osserva il mondo antico, si proietta nel mondo moderno, e dice:

un bambino quando gioca con un animale è felice, quando corre e si rotola nei prati è felice, quando incontra il mare e si butta tra le onde è felice, ride, mangia con appetito e di notte dorme sereno.

Lo stesso bambino, quando sarà costretto a vivere in un modo senza più contatti con madre natura, sarà nervoso, inappetente e triste. E diventerà un uomo avido e *cattivo*.

Ed ecco Vera, che il segreto della gioia di vivere è sperimentare la sintonia con la natura in maniera forte, diretta. Come solo gli animali sanno fare!

Ma, importantissimo, bisognerà conservare lo spirito di umani per averne la consapevolezza, altrimenti non servirebbe a nulla.

Si narra quindi che il Dio Coyote trasformerà gli esseri umani in animali per farli rinsavire, e allora forse il pianeta avrà una speranza.'

Dopo aver pronunciato quelle frasi Nick rimase in silenzio e, in quella pausa quasi sacra, il mio cervello elaborò il racconto appena ascoltato.

E ad un tratto tutto mi fu chiaro: erano i mule deer! La seconda parte della leggenda era già in corso.

Chissà se Nick lo sapeva?

'Hai mai desiderato essere un animale?'

Gli chiesi mentre mi giravo su un fianco abbandonando la visuale delle stelle e cercando di mettere a fuoco il suo viso nel buio. Avevo bisogno di vedere i suoi occhi.

'Tante volte,' rispose senza esitare 'e tu?'

'Io?' mi sforzai di ricordare, 'Forse, non ti saprei dire quando e come, ma credo di sì. Il mio gatto per esempio!'

Esclamai pensando a quando, nelle fredde e grigie giornate invernali di Milano, avrei dato qualsiasi cosa per arrotolarmi su un plaid e dormire tutto il giorno avvolta in una morbida nuvola di tepore. Esattamente come faceva Lizzy, la mia adorata micetta.

'Oppure una rondine!' esclamai nuovamente e pensai alla primavera, quando si vedono quegli stormi allegri e chiassosi sorvolare la città: un volo libero di gruppo che ci fa sentire tanto limitati, sia dalla forza di gravità che dalla tristezza della solitudine.

Cercavo gli occhi di Nick, ma a malapena riuscivo a tenere aperti i miei. Si sogna meglio ad occhi chiusi.

Eravamo molto vicini e mi sembrava di sentire il calore del suo corpo malgrado i nostri sacchi a pelo ci separassero.

Nick prese la parola:

'Io un falco, o un'aquila. Senza dubbio un uccello che vola alto.

Deve essere spettacolare volare, una sensazione di estrema libertà e una visuale impareggiabile.'

Anche lui si girò sul fianco voltandosi verso di me e i nostri occhi finalmente si incrociarono.

'Le leggende indiane fanno sognare anche te allora?'

Mi domandò, e intravidi nel buio una specie di scintilla nei suoi occhi profondi, come se una stella fosse rimasta intrappolata nelle sue pupille.

'Sognare... sì! Ma qual è il confine tra sogno e realtà? In questo momento io sto vivendo un sogno, eppure sono nella realtà.'

'Questo è un giro di parole Vera, un sogno può essere realizzabile, come quello che stai vivendo tu, e mi fa piacere che lo consideri tale. Ma i sogni di cui parlavamo prima sono fantasie, favole. È diverso, non credi?

Ci sono sogni realizzabili e altri no, tutto qua.'

La sua voce così vicina e profonda era come una carezza impalpabile che mi cullava, ma fui infastidita da quella risposta.

Non capiva, o non voleva capire?

'Quindi tu non credi alla leggenda?'

Nick sospirò,

'Che domanda impegnativa. Io credo a quello che vedo e che sperimento e, a parte le favole e le leggende, non posso escludere in assoluto che esista qualcosa sopra di noi. Ma siamo solo poveri esseri umani e ci dobbiamo accontentare, Vera.'

Sembrava sincero e convinto di ciò che sosteneva.

Come era possibile che lui, nipote di un puro indiano Paiute, fosse così concreto e io, donna moderna occidentale, fossi così fantasiosa?

Qualcosa non mi tornava e cambiai argomento.

'Vorrei farti una domanda personale e, se tu preferissi non rispondere, lo comprenderò.'

'Dimmi Vera, vediamo,' rispose lui con tranquillità.

'Come mai tu vivi qui a Bryce Canyon con tuo nonno e non a Los Angeles con tua madre? Sicuramente un ragazzo come te avrebbe una vita più stimolante là piuttosto che qua.'

Cercai di modulare il tono di voce per rendere la mia domanda il meno fastidiosa possibile.

'Be', dipende da cosa si ritiene stimolante, ovviamente.

Io ho vissuto diversi anni a Los Angeles, i miei genitori si sono separati quando ero piccolo e io sono rimasto con mia madre. Sono cresciuto a L.A. Vedevo mio padre durante le vacanze estive. Lui viveva qui a Bryce City insieme al nonno, e le mie estati le ho sempre trascorse con loro.

Ho sperimentato due mondi opposti, ho avuto, credo, una chance in più.

E la mia scelta è stata per questo mondo, senza alcun dubbio. Ho capito di amare la natura e la semplicità.

Qui ho amici umili, intendo meno scintillanti di quelli che avevo a L.A. ma sono veri.

E poi mi piace alzarmi al mattino e vedere i prati e gli alberi intorno a me.

Voglio molto bene a mia madre, ma lei è diversa, non si è mai adattata a questa vita di "campagna".

Fece una pausa, sollevò un braccio tirandolo fuori dal sacco a pelo e lo allungò inaspettatamente verso di me.

Mi accarezzò una guancia e poi appoggiò quel braccio sul mio fianco.

'Probabilmente ho ereditato più sangue indiano che californiano, tutto qua.

Ma soprattutto adoro il nonno!' esclamò infine, e la sua voce tremò leggermente. Era piena di amore.

'Anche questa è una leggenda indiana allora,' sussurrai io, irrimediabilmente rapita da quel suo gesto finale e da quella disarmante dolcezza.

A quel punto mi sentii profondamente rilassata e nel giro di pochi minuti, senza quasi rendermene conto, mi addormentai, coccolata dal suo abbraccio rassicurante.

21

Un dolore sul fianco destro mi fece risvegliare di colpo.
Aprendo gli occhi misi a fuoco lentamente quello che si trovava nella traiettoria della mia visuale.
La radura intorno a me e Nick qualche passo avanti, in piedi e di spalle. Stava fissando qualcosa, immobile.
Ero piegata su un fianco in posizione fetale, probabilmente qualche movimento nel sonno mi aveva fatto intorpidire una gamba.
Mi sgranchii il corpo senza uscire dal sacco a pelo e il mio sguardo tornò verso il cielo, quello stesso cielo che la notte precedente era rigonfio di magiche scintille, adesso era di un colore rosa pastello. Era l'alba.
Ricordai la piacevole sensazione del braccio di Nick intorno a me, e sorrisi.
'Buongiorno Vera.'
Nick si era accorto che mi ero svegliata, in quel silenzio profondo anche un leggero fruscio faceva rumore.
La sua voce allegra era la prova che l'esperienza della sera precedente non era stata un sogno.
Veniva verso di me.
'Ti sei svegliata di buon umore, vedo. Il campeggio non è andato poi così male.'
'Buongiorno a te Nick,' risposi con la bocca ancora impastata del sonno.
'Anzi, devo aver dormito proprio di gusto. Non l'avrei mai detto che dentro un sacco a pelo si potesse dormire

così bene!' esclamai soddisfatta, impegnandomi nello sforzo di riemergere all'esterno.

La temperatura era ancora bassa e nel sacco a pelo si stava decisamente meglio.

'Questo sacco a pelo è fenomenale, meglio di un materasso Simmons! Sai i materassi degli alberghi 5 stelle...'

Nick mi guardò divertito.

'Non sono mai stato in un albergo 5 stelle, ma ti credo sulla parola, e soprattutto qui è tutto gratis!'

Doveva aver dormito bene anche lui perché aveva lo sguardo rilassato e i suoi occhi erano più profondi e luminosi che mai.

'Ho pensato che per tornare indietro faremo subito la discesa e quindi proseguiremo dal basso, così potrai ammirare la visuale anche da quel punto di vista. Cosa ne dici?'

'Sei tu il ranger! Io, come umile assistente, si intende, concordo in pieno. Ho letto che è un tragitto di grande impatto visivo, appunto.'

Argomentai simulando una cognizione di causa, mentre continuavo a stiracchiarmi le membra.

Il sacco a pelo aveva conciliato un sonno profondo ma aveva anche lasciato un certo indolenzimento generale, non si poteva negare, battute a parte.

'Prima però devo fare colazione.'

'Pronti Madame...'

Nick aveva recuperato in un batter d'occhio il cioccolato avanzato e due panini rattrappiti.

'Ah... ah, avevi pensato alla stessa cosa anche tu allora!'

'L'aria fresca fa venire fame, Vera, e per iniziare questa bellissima giornata la dolcezza è perfetta.'

'Come è stata perfetta per finire una bellissima serata.'
Replicai io, stavolta con tono serio e impostato. Mi preparavo a dire qualcosa di intimo.
'A proposito, grazie,' esordii così.
'Grazie di che?'
Nick stava maneggiando lo zaino e, nel sentire quelle mie parole quasi sussurrate, si era girato: ora mi stava guardando dritto negli occhi e aspettava una risposta da me.
Feci un gran respiro e continuai.
'Grazie per avermi fatta sognare ieri sera. Grazie per le stelle, grazie per aver chiacchierato con me di cose importanti, e… grazie per avermi abbracciata prima di dormire.'
Forse stavo arrossendo ma non me ne importava un bel nulla.
'Devi ringraziare il nonno, non me. È lui che ha mosso i fili.'
Rispose frettolosamente come colto alla sprovvista dalla mia frase, forse un po' troppo sdolcinata.
'È stato un piacere per me, Vera, non devi ringraziarmi.'
Concluse poi con tono gentile, ma rivolse nuovamente lo sguardo allo zaino, ormai stracolmo.
'Ma io voglio ringraziarti.' ribadii. Era importante.
'Ok, allora facciamo che mi ringrazierai quando sarai una scrittrice famosa? Per ora divertiti insieme a me e basta.
E adesso bando alle ciance e andiamo, i cavalli ci aspettano.' Nick era spettacolare!
Era spontaneo, entusiasta, allegro, premuroso, gentile e sensibile.
Cosa si poteva volere di più? E io gli stavo mentendo.

I colori tenui dell'alba accompagnavano il passo lento e cadenzato di Blacky e di Andaman, forse anche loro avevano bisogno di ingranare dolcemente la giornata.

Mi guardavo intorno nell'attesa di vedere qualcosa di nuovo e sorprendente, come se le meraviglie assaporate il giorno precedente non fossero state abbastanza.

Iniziammo a scendere lungo un sentiero ripido e serpeggiante, e questo mi costrinse a porre più attenzione alla postura: Blacky avvertiva la mia insicurezza e aveva rallentato ancora di più la sua andatura, rimanendo parecchio indietro.

Improvvisamente un gruppetto di mule deer si materializzarono davanti a me.

Fu un'apparizione quasi dal nulla, rapida e inaspettata, preceduta solamente da uno scalpitio e da una nuvola di polvere sollevata tutt'intorno.

Ebbi un sussulto.

Lanciai lo sguardo avanti, verso Nick; ma lui stava proseguendo in lontananza, indisturbato.

Blacky si era fermato e i mule deer stazionavano di fronte a noi. Erano tre.

Non avrei mai voluto farlo, ma li stavo guardando proprio negli occhi, quegli occhi così pericolosi!

Uno di loro in particolare, mi si era avvicinato: pensai immediatamente a Mary e il cuore prese a battermi all'impazzata.

In preda al panico, ritornai a cercare Nick con lo sguardo, ma non lo vidi più.

Il mio cuore correva, correva, sembrava scoppiare in quella corsa sorprendentemente opposta e contraria all'improvvisa staticità mia e di Blacky. Fermi, immobili, come fossimo entrambi di pietra.

E poi, di nuovo lo sguardo al mule deer che, a sua volta, mi guardava.

Sì, mi stava fissando e cercava con impertinenza il mio sguardo più profondo. E io ora avevo gli occhi dritti nei suoi.

Per un istante pensai di sognare, poi mi resi conto che non era così. Stranamente il mio cuore si calmò.

Il mule deer ora si muoveva con lentezza, indietreggiava e si riavvicinava come in una danza aggraziata, e io mi sentivo intorpidita, ipnotizzata da quella danza.

Avvertii una specie di smarrimento.

Poi, come attratti da un qualche richiamo improvviso, i tre animali corsero via con grandi balzi. Notai che nel salto tutte e quattro le zampe restavano sospese nell'aria, come volassero.

Scomparvero nel nulla da cui erano venuti.

'Vera, Vera! Ma che fine hai fatto?!'

Il grido di Nick mi riportò alla realtà e nel mettere a fuoco la sua sagoma, non molto lontana da me, scoppiai in lacrime.

'Ma Vera, cosa c'è? Perché piangi? Cosa è successo?'

Mi si era accostato e mi aveva appoggiato la mano sulla spalla.

Lo fissavo impietrita. Ero felice di averlo finalmente davanti a me, ma continuavo a piangere a dirotto.

'Dai Vera scendiamo dai cavalli, forza.'

Piano piano mi lasciai scivolare giù da Blacky. Nick mi aveva raggiunta con una borraccia d'acqua e me la porgeva.

La afferrai con forza per contrastare il tremore che sentivo percorrere tutto il mio corpo.

'Bevi, su,' ripeteva Nick.

Lentamente iniziai a riprendere fiato.

'Adesso ti calmi e mi spieghi cosa è successo...'

Esitai,

'Non so, non capisco, scusami...'

'Ma scusarti di cosa Vera!?'

'Non so, ho avuto paura di quegli animali...' farfugliai ansimando.

'Di quali animali?' Nick si era voltato e osservava tutt'intorno, 'Io non vedo animali!'

'Sì invece, i mule deer! Erano in tre, proprio qua davanti a me... pochi minuti fa! Sono corsi via saltando.'

'Ah, ma certo, i mule deer. E vuoi dirmi che ti sei spaventata così tanto a causa loro?!'

Il suo tono di voce era cambiato, probabilmente si era tranquillizzato.

'Be', ti capisco, eh sì, sono delle belle bestie! Grosse e veloci.

Ma sono innocue sai, sono solo molto curiose.

Oddio Vera... è tutta colpa mia! Non mi sono accorto che eri rimasta indietro, perdonami tu... non ti ho tenuta abbastanza d'occhio!' esclamò con grande enfasi e mi abbracciò.

'Se ci fossi stato io vicino a te non ti saresti spaventata così tanto. Adesso va meglio?'

'Sì, sì, va meglio,' risposi, come per convincermene.

'Brava Vera, adesso ci sediamo e ci riposiamo un attimo.'

Mi prese per un braccio e mi condusse verso un grosso masso appiattito dove ci sedemmo vicini, io con la borraccia in mano, lui con il cappellino sulle ginocchia. Se lo era tolto e si era passato più volte le mani tra i capelli, quei suoi bei capelli neri e lucidi come il manto di un giovane lupo.

Si era spaventato anche lui.

Ogni tanto bevevo un sorso d'acqua e nel giro di pochi minuti mi tranquillizzai completamente. E ritrovai le forze.

'Nick, devo dirti una cosa importante.' era giunto il momento.

Lui mi guardò con aria sorpresa.

'Una cosa importante? Niente di grave spero.'

'Grave invece. Io ti ho mentito. Non sono una scrittrice, sono una investigatrice privata.'

Parlai tutto d'un fiato e con estrema freddezza, avevo bisogno di una corazza.

'Un'investigatrice? Non capisco Vera...' balbettò.

'Aspetta Nick, fammi finire, ti prego. Solo dopo mi giudicherai.

Sono venuta a Bryce Canyon per lavoro. Ho un incarico da svolgere per lo studio presso cui sono impiegata, a Milano: devo investigare sulle sparizioni. Sai bene a cosa mi riferisco È per questo motivo che devo restare in incognito, capisci?' speravo tanto che lo comprendesse, 'Mi spiace davvero aver mentito anche a te, credimi, tu sei diventato più caro del previsto e, anzi, io non ce la faccio più a mentirti!'

Stavo per scoppiare di nuovo a piangere, ma mi ripresi d'animo.

'Soprattutto adesso Nick, adesso che ho capito tutto Nick. Ho bisogno di te! Ne ho un bisogno assoluto, impellente, imprescindibile. Ti prego perdonami.'

Conclusi di botto prendendogli una mano e stringendola forte.

Mi resi conto di aver parlato in maniera sconclusionata e confusa, ma avevo parlato. Finalmente avevo detto tutto, o quasi.

Nick era rimasto in silenzio ma la sua espressione non prometteva nulla di buono: le labbra erano contratte e la fronte corrugata. Sentii improvvisamente la sua mano ritrarsi dalla mia.

Si alzò e iniziò a girarsi e rigirarsi sul posto. Poi sbottò.

'Ma bene Vera, questa sì che è una bella sorpresa! Pensavo di aver finalmente incontrato una ragazza diversa dalle altre, una ragazza sensibile, sincera, senza fronzoli. Sei riuscita a ingannare anche il nonno, complimenti!'

Abbassai il capo, mi sentivo in colpa.

E ciò che aveva detto mi faceva male perché sapevo che aveva ragione.

'Odiami pure, ne hai tutte le ragioni, ma ti prego ascoltami! Ho bisogno che mi ascolti adesso, è molto importante, più di ogni altra cosa. Più di me e più di te...'

'Cos'altro devi dirmi Vera? Non sei ancora soddisfatta? Io ti ho aperto il cuore e ti assicuro che non è una cosa scontata per me. Odio le menzogne e odio gli opportunisti, non per niente sono venuto a vivere tra la gente semplice.

Tu, è ovvio ormai, mi hai usato per i tuoi scopi professionali, per carpire notizie, indizi, per fare bella figura coi tuoi capi! Ma sì, chi usa meglio il suo prossimo vince il premio produzione!'

Nick era furioso. Come avrei fatto a raccontargli tutto il resto?

Non mi avrebbe più voluto ascoltare, non mi avrebbe più dato credito. Niente, zero, finito.

Ma io avevo bisogno di metterlo al corrente di quello che stava succedendo, era l'unica persona a cui potevo dirlo!

Allora mi feci forza e incalzai.

'Nick, ti dico solo una cosa: i mule deer sono la chiave di tutto, insieme alla leggenda di tuo nonno. Te la ricordi? Me l'hai raccontata proprio tu ieri notte sotto le stelle, la seconda parte intendo, quella conosciuta solo agli indiani Paiute. Gli scomparsi si sono tramutati in mule deer! Lo capisci Nick? La leggenda è adesso!'

Urlai a squarciagola nell'intento di scuoterlo, e di nuovo sperai che capisse.

'Prima mi sono spaventata perché un mule deer mi ha fissata negli occhi! A me! O mio Dio Nick! Proprio come è successo a Mary, ricordi? La ragazza greca scomparsa. Mary mi aveva parlato il giorno prima di sparire, te lo avevo detto ricordi? Mi aveva confessato di aver avuto un incontro ravvicinato con un mule deer, ed era strana dopo quell'incontro, sconcertata, confusa. E poi è scomparsa! Capisci?'

Nick era montato su Andaman e sembrava non darmi assolutamente retta. Sembrava invece volesse ripartire non curandosi di me e dei miei racconti.

Io lo avevo seguito e lo strattonavo dai pantaloni per avere la sua attenzione, ma nulla.

'Nick Nick, ascoltami!' adesso piangevo davvero, 'Mary aveva un tatuaggio sul polso, a forma di chiave di violino. Il mule deer che abbiamo soccorso quel giorno insieme, lo ricordi? Bene, aveva lo stesso tatuaggio sulla zampa! Capisci ora, lo capisci?'

Cercavo disperatamente di far arrivare alle orecchie di Nick più dettagli possibile per convincerlo prima che mi abbandonasse nella valle, cosa che, ahimè, sembrava proprio intenzionato a fare.

Si voltò di scatto e disse ciò che temevo,

'Segui sempre i segnali con la freccia verde Vera, in mezz'ora di cammino arriverai al capannone da dove siamo partiti,' disse trascinando le parole tra i denti, e se ne andò al galoppo lasciandomi pietrificata nella valle.

Sì, pietrificata quasi quanto i pinnacoli che mi stavano tutt'intorno, unici e inquietanti testimoni di quella tragedia. Una beffa del destino o un disegno già scritto?

Pensai che sicuramente si dovesse trattare del secondo caso.

Da questo punto in poi della storia racconterò parallelamente gli eventi che coinvolsero Vera Spark da un lato e Nick il ranger dall'altro.

Vera

Quando arrivai al capannone ero sfinita.
Un omino con un grosso cappello da cowboy stazionava davanti all'entrata come se stesse aspettando qualcuno.
'Signorina Vera?'
Mi chiese non appena fummo a distanza di parola. Stava aspettando me.
'Sono io,' risposi sorpresa.
'Lasci pure il cavallo a me, Nick mi ha incaricato di aspettare il suo rientro e di condurla al suo alloggio.'
Così dicendo aveva preso Blacky dalla morsa e lo aveva indotto a fermarsi.
Smontai con un balzo poco ortodosso, riuscendo sorprendentemente a non cadere.
L'uomo mi fece attendere poco più di cinque minuti mentre sistemava il cavallo nella stalla, e poi mi raggiunse a bordo di un pick-up alquanto malridotto.
Mi condusse all'alloggio senza proferire parola. Era già stato istruito su tutto da Nick, naturalmente.

Scendendo dal mezzo lo ringraziai e come un automa mi diressi nella mia stanza, che, ora come non mai, rappresentava il mio unico rifugio sicuro.

Prima di svoltare avevo dato un'occhiata alla casa di Nick all'angolo, ma non c'era alcun segno della sua presenza, anzi le persiane erano tutte, ma proprio tutte, chiuse.

Mi sentivo strana. Molto strana, quindi decisi di andare a riposarmi.

C'era un gran silenzio intorno. Non sapevo che ora fosse, e non avendo portato con me il cellulare ero fuori dal tempo, ma doveva essere molto presto a giudicare dalla assoluta mancanza di movimento intorno.

Trascinavo lo zaino da un braccio e il piumino, che vi avevo malamente avvolto intorno, toccava terra strisciando.

Stravolta, mi fermai a pochi passi dalla porta e cercai le chiavi per entrare al più presto e buttarmi sul letto.

Al contempo sentii un rumore provenire dall'interno della stanza.

Nick era là e mi aspettava? Si era dispiaciuto di come mi aveva trattata e voleva chiarire l'accaduto? La porta era ben accostata, ma aperta.

Solo lui avrebbe potuto farsi aprire dai Milton, con la chiave di scorta. Diedi una spinta col piede e entrai speranzosa.

Vidi Mr. Mariani in piedi davanti a me e, in parte, seduta sull'unica sedia della stanza, mia cugina Meg.

Non credevo ai miei occhi!

'Non capisco… Mr. Mariani, Meg? Come mai siete qui? Come siete arrivati in questa stanza?'

La mia mente era annebbiata ma non tanto da non capire la gravità della cosa.

'È successo qualcosa di brutto?'

Ero sbalordita dal trovarmi il capo improvvisamente di fronte, ma ancor più ero preoccupata nel vedere mia cugina lì, con lui.

Meg si alzò di scatto dalla sedia e mi venne incontro di corsa aprendo le braccia e circondandomi con una stretta serrata.

'No Vera, adesso che ti vedo, è tutto a posto,' rispose singhiozzando, e iniziò a spiegarsi, 'ero così preoccupata per te, non mi rispondevi più al cellulare, neanche ai messaggi!

Ho pensato di chiamare in albergo e mi hanno detto che ti eri trasferita ma che eri rimasta in zona e hanno aggiunto che ti eri mostrata molto interessata al caso della sparizione. Così mi sono allarmata ancora di più perché tu mi avevi detto che ti saresti allontanata da Bryce Canyon. Poi ho rintracciato il tuo capo per avere delle rassicurazioni. Perdonami Vera, ma dovevo sapere cosa stesse succedendo!' Esclamò infine con le lacrime agli occhi.

Le diedi una carezza e mi girai verso Mr. Mariani.

Stava in piedi, con le mani nelle tasche e la testa eretta sul collo, e si godeva la scenetta in silenzio.

Era vestito con un classico completo grigio da ufficio e sembrava appena uscito da una porta spazio temporale Milano-Bryce Canyon.

Lasciò giusto quel tempo alla commozione familiare, due istanti non di più.

'Vera, pensavo che tu stessi seguendo una pista utilizzando i metodi che ti ho sempre insegnato, i metodi che il nostro studio utilizza da sempre, calibrati, razionali, riservati. Non credevo che ti saresti persa in un bicchiere d'acqua.'

L'esordio fu umiliante, ma mi aspettava di peggio.

'La sparizione della ragazza greca ti ha fatto agire in maniera a dir poco insensata, ma cosa ti ha preso? Tutti hanno capito che ti interessi al caso più del dovuto. Perfino l'addetto alla reception dell'albergo, un certo David.

E poi sparire senza leggere le mie mail e senza rispondere al cellulare non è ammissibile. Tu sei una mia dipendente, stai lavorando per me, ricordi!? Va bene l'istinto e la carta bianca, ma sempre dietro un dovuto rapporto al tuo capo!'

Mi tremavano le gambe ma feci un passo avanti verso di lui.

'Mi spiace Mr. Mariani, il fatto è che gli eventi mi hanno travolta e, nel seguirli a ruota, ho perso la cognizione del tempo, credo. E forse anche un po' di razionalità, sì. Ma le posso spiegare tutto, mi creda.'

Mentivo. Non potevo spiegare proprio nulla, non esistevano le parole per farlo.

'Prima però devo andare al bagno, ho bisogno di rinfrescarmi, vi prego.'

'Ti accompagno?' Meg mi strinse forte l'avambraccio con la mano proponendosi in soccorso.

Le lanciai una fugace occhiata piena di affetto e mi svincolai.

'No Meg, faccio in un attimo. Stai tranquilla,' risposi senza guardarla negli occhi. Sapevo che se l'avessi fatto non averi retto all'emozione.

Senza curarmi di altro mi diressi velocemente verso la porta del bagno, ma prima di entrare raccolsi da terra la mia borsa che giaceva vicino al letto, sotto il comodino.

Una volta dentro aprii il rubinetto per fare rumore, infilai la mano nel fondo della borsa e tirai fuori la lettera di Mary. Poi presi la matita nera per gli occhi e un pezzo di carta igienica.

Questa lettera spiega tutto – scrissi a caratteri cubitali sulla carta igenica – *Meg non proccuparti per me, io starò bene.*

Appoggiai il tutto nel mezzo del pavimento e poi mi infilai come un anguilla nella finestrella che guardava verso il bosco e... pum... mi buttai giù senza pensarci due volte, con la borsa a tracolla e nient'altro.

Quello che volevo era scappare. Da loro, da tutti.

Mi ritrovai a terra sul praticello sottostante e, nel risollevarmi, fui sorpresa di non aver provato alcun dolore.

Mi misi a correre a più non posso verso il bosco.

corri forte, ma più forte che puoi, non arrenderti né ora né mai...
diceva sempre il mio caro cantautore.

NICK

Nick era giunto trafelato al capannone da cui era partito la sera prima insieme a Vera per l'escursione tanto attesa.
Nella testa gli giravano pensieri e immagini senza capo né piedi e aveva spinto Andaman all'inverosimile, in un galoppo pazzo e scoordinato.
Era arrabbiato sì, molto arrabbiato, ma anche sconcertato.
Quella storia assurda che Vera gli aveva propinato dopo la confessione circa la sua identità, si era lentamente insinuata nella sua testa e là vagava senza dargli tregua.
Lasciò Andaman nella stalla e si incamminò verso la casupola del custode.
'Marlon, ci sei?' bussò alla porta.
Dopo pochi istanti un anziano omino basso e magro aprì l'uscio.
'Nick? Che succede?'
'Nulla, nulla, ma ti devo chiedere un favore. Ascoltami bene: tra un'oretta circa arriverà al capannone una ragazza che monta Blacky. Si chiama Vera.
Prendile il cavallo e poi accompagnala all'alloggio dei Milton, dietro a casa mia. Ma non chiedermi altro ti prego.'
L'omino sparì per qualche istante, poi uscì definitivamente dalla casina con indosso un grosso cappello da cowboy.
'Va bene Nick, non c'è problema amico mio. Farò come dici, stai tranquillo.'
'A buon rendere,' rispose Nick e lo ringraziò con un'amichevole pacca sulla spalla.

Poi corse via verso il suo pick-up parcheggiato poco distante.

Quando arrivò a casa fu molto sorpreso nel vedere la macchina del medico parcheggiata proprio davanti a casa sua. Pensò subito al nonno e gli si gelò il sangue nelle vene. Si scaraventò dentro e il suo timore divenne realtà.

Il nonno giaceva lungo disteso con gli occhi chiusi, sembrava morto.

Il dottore gli stava a fianco, seduto di sbieco su un angolo del letto e gli teneva il polso come se stesse ascoltando il suo battito. Nel sentire Nick che entrava si era voltato e gli aveva fatto segno di fare piano.

'Dottore cosa succede, mio nonno sta male?' domandò Nick sussurrando. Aveva il cuore in gola.

Il dottore diede un'occhiata al nonno, poi appoggiò delicatamente il suo braccio sul letto, si alzò e prendendo sottobraccio Nick lo condusse nel soggiorno.

'Nick, mi spiace davvero ma tuo nonno sta molto male, il suo cuore è troppo stanco...' esitò.

'... non credo che gli resti molto, povero Malcon!'

'Ma come, dottore... sono stato via solo poche ore, ieri sera stava benone.'

Nick non si capacitava.

'Sì, ma questa mattina all'alba ha avuto un collasso. E per fortuna è riuscito a chiamare la centrale con il walky-talky... io sono corso immediatamente non appena mi hanno chiamato, ma la situazione è gravissima Nick. Non te lo voglio nascondere.'

Mentre parlava il dottore era visibilmente commosso, si conoscevano da molto lui e il nonno e gli voleva un gran bene.

Come del resto tutti in paese.

'Grave quanto dottore? Mi dica tutto la prego.'

'Be', il suo battito è molto flebile e il respiro lento. È questione di ore Nick, se va bene. In pratica potrebbe succedere da un momento all'altro. Poco fa ha chiesto di te...'

Nick si voltò da un lato e si mise le mani tra i capelli in preda alla disperazione.

Perché gli stava succedendo tutto ciò?

Perché il nonno si era sentito male proprio quella notte, l'unica notte in cui lui non gli era stato accanto e non aveva potuto aiutarlo e assisterlo nel momento del bisogno? Perché?

Tutta colpa di quella stupida escursione sotto le stelle e di quella ragazza bugiarda che ora avrebbe voluto cancellare dalla faccia della terra.

Gli aveva fatto più male lei in poche ore, che chiunque altro in tutta la sua vita.

'Su su Nick, non devi lasciarti andare così,' il dottore lo prese di forza da un braccio e lo scosse con energia.

'Vai da lui ora, sono i suoi ultimi istanti di vita e solo tu puoi rendergli questo passaggio più dolce, vai.'

Così dicendo lo spinse nella direzione giusta.

Nick aveva improvvisamente perso il suo bel portamento sostenuto e, come impacciato, a piccoli passi raggiunse il nonno e gli si inginocchiò vicino.

Aveva gli occhi chiusi, sembrava dormisse. Lo osservò meglio.

Guardò il suo torace e notò che si alzava lento nel respiro. Troppo lento.

Gli prese la mano e in quell'istante il nonno aprì gli occhi. 'Nick!'

'Sì nonno, sono con te, e ci rimango stai tranquillo. Scusami nonno, non avrei dovuto lasciarti solo stanotte, perdonami.'

Nick era contrito nel dolore.

'Non devi scusarti Nick, ho insistito io perché tu andassi, ricordi?'

La sua voce era fioca, tremava come la fiamma di un fiammifero al vento.

'Sì ricordo nonno, ma ti prego non stancarti a parlare adesso. Io starò qua con te, vicino a te, fino a quando non starai meglio. Non ti lascio più!'

Il nonno sorrise.

'No Nick, no. Tu mi devi lasciare andare, il mio tempo su questa terra è terminato,' disse con estrema serenità.

'Siamo qui solo di passaggio, caro Nick, ricordalo sempre. Però è importante vivere bene questa vita, ci è stata regalata ed è un dono preziosissimo. Vivere bene è un diritto e un dovere di tutti coloro che si ritrovano a emettere un vagito su questo fantastico e sorprendente pianeta. È un tempo che può essere meraviglioso e appagante! Tutti dovrebbero capirlo... e soprattutto tutti dovrebbero agire di conseguenza e fermarsi dal farsi del male. Per questo voglio che tu mi prometta una cosa...'

Il nonno si fermò qualche istante. Doveva prendere quel poco di fiato che gli serviva per pronunciare le sue ultime parole.

'Devi promettermi che crederai alla leggenda del Dio Coyote. Vera ci crede già. Sì, lei alla fine è riuscita a entrare in contatto con la natura prima di te Nick, lo avresti mai detto?' sorrise, 'Ora tocca a te, amato nipote mio, seguila e sarai felice. E io con voi.'

Le sue labbra si socchiusero in un sorriso. Poi fece un ultimo, lentissimo respiro e il suo torace si bloccò. Fermo, immobile.

Nick restò qualche minuto a guardarlo in silenzio come per convincersi di quello che era appena successo: il nonno era morto.

Ma non ci riusciva, no. Si alzò di scatto e andò dal dottore che aspettava nel soggiorno.

Ci fu un'occhiata di intesa e poi Nick scoppiò a piangere come un bambino.

VERA

Vera aveva corso all'impazzata per almeno mezz'ora.
Non sapeva dove stesse andando, né perché. Ma correva, correva.
Sfinita si fermò e si lasciò cadere sul prato.
Aveva il fiatone e le sembrava che il cuore le scoppiasse da quanto il battito era veloce.
Si guardò intorno: solo prati, alberi, silenzio.
Si lasciò lentamente pervadere dalla tranquillità che la circondava e riprese a respirare in maniera regolare.
Allora si sdraiò completamente a terra e abbandonò con fiducia tutte le sue membra nel palmo di madre natura.
Nel giro di pochi minuti si addormentò.

NICK

'Ho bisogno di una boccata d'aria'
Disse Nick al dottore, che durante quel suo pianto improvviso lo aveva accolto in un abbraccio consolatore.
Uscì dalla casa, andò verso il pick-up e prese uno degli zaini che aveva portato con sé durante l'escursione, il più piccolo. Se lo mise sulle spalle e iniziò a camminare.
Pensava alle parole del nonno, doveva riflettere e voleva farlo da solo, nel silenzio della sua natura.
Il dolore era troppo forte, la testa troppo confusa. Aveva bisogno di camminare e si diresse verso il bosco.
Camminò e camminò, e ad un tratto si trovò a un bivio che non conosceva.
Nell'indecisione su quale strada prendere esitò per un istante e il quell'esatto momento un mule deer gli si piazzò davanti.
Nick conosceva bene i mule deer e di certo non li temeva.
Ma questa volta era diverso, questa volta l'animale lo stava guardando dritto negli occhi.
Poi aveva iniziato a muoversi su è giù, come in una danza ipnotica.
Nick ricordò allora il racconto di Vera, quel fiume di parole miste a pianto che avevano raggiunto le sue orecchie mentre se ne stava andando dal parco in preda alla rabbia.
Il mule deer era bello, aveva un espressione quasi umana, sembrava gioioso, divertito.
Lo stava invitando da qualche parte?

Poi d'un tratto l'animale scappò via con grandi balzi e Nick si trovò di nuovo solo, nel bosco. Tutto era tornato come prima, con una sola differenza: il bivio non c'era più, era sparito. La strada era una sola.

Cosa stava succedendo?

Nick non credeva ai suoi occhi, era forse impazzito di colpo?

La morte del nonno lo aveva scioccato al punto da fargli avere delle allucinazioni?

E poi capì.

Il nonno lo stava guidando.

Il nonno sapeva quanto lui fosse scettico riguardo alla leggenda, glielo aveva detto proprio con le sue ultime parole. Vera era riuscita a credere, lui no.

Il nonno stava facendo in modo di fargli arrivare un segnale, un indizio, chiamatelo come volete, una prova.

Ora, solo ora, dal luogo e dalla dimensione in cui si trovava da pochi minuti, ora poteva intercedere in tal senso.

Prima, da umano, non gli era concesso.

'Quanto ti voglio bene nonno e quanto tu ne vuoi a me,' pensò Nick, e sorrise tra sé e sé.

Tutto era finalmente chiaro.

Camminò ancora e ancora, senza sosta, e alla fine si trovò al capannone da cui era partito la sera prima per l'escursione.

Prese Andaman e si mise a cavalcare.

Destinazione: il punto di osservazione delle stelle in cui la sera precedente aveva condotto Vera.

Quando Vera si svegliò era l'imbrunire.

Si sentiva bene, era riposata e rigenerata da quel lungo sonno sul prato che l'aveva avvolta dolcemente, come un grembo materno.

Nell'alzarsi in piedi si sentì leggera, tutte le ansie e le preoccupazioni vissute in quei giorni non la turbavano più, anzi, a dire il vero non se le ricordava più!

Con lo zainetto a tracolla iniziò a camminare e, mentre avanzava, il suo passo diventava sempre più veloce, più ritmico; diventava un saltello armonioso.

Non si rese quasi conto che il suo equilibrio era più marcato, la sua vista più acuta, il suo olfatto più sottile.

Iniziò a correre, forte, sempre più forte, e poi fece un gran balzo in alto e saltò un ruscello che le si era presentato davanti all'improvviso, con la coda dell'occhio intravide uno zainetto rosso abbandonato al suolo.

Atterrò sull'altra sponda e lì, sull'altra sponda di quel ruscello, Vera si accorse di avere quattro fantastiche zampe al posto delle sue gambe. La magia si era compiuta!

Vera si era tramutata in un mule deer.

Il bosco emanava un profumo mai sentito prima che entrava con prepotenza nelle sue nuove narici ossigenando nel profondo il suo corpo di animale. Vera correva. Correva a grandi balzi, e rideva.

Rideva perché era gioiosa. Aveva dei flash mentre correva.

Vedeva ai suoi lati milioni di auto parcheggiate una accanto all'altra sul grigio asfalto, tramutarsi magicamente in grandi alberi sani e grondanti di ossigeno.

Vedeva costruzioni di cemento assemblate le une sulle altre trasformarsi in spazi liberi che facevano intravedere fresche profondità verdeggianti.

Vedeva visi di umani tristi e affannati, crucciati e imbruttiti, trasformarsi in vispi musetti di mule deer che correvano accanto a lei nel bosco, spensierati, pieni di energia e di gioia.

C'era Mary, e con lei Sophie. C'erano Marco, Giuseppe, Angela, Andrea, Angelica e Antonio.

E c'era anche il tenente Mike. Erano venuti tutti a festeggiarla.

Nella corsa della sua nuova vita, Vera infine approdò nella radura in cui Nick l'aveva condotta la sera precedente.

Era notte fonda ormai e il buio la circondava, ma non aveva paura.

Una forza misteriosa aveva mosso le sue agili zampe fino a là, la stessa forza che stava spingendo anche Nick in quella direzione.

Si accucciò sul prato per riposare, e dopo pochi istanti sentì un fruscio appena dietro di lei. E poi un forte calore.

Un altro mule deer le si era accucciato vicino e aveva appoggiato delicatamente il muso sul suo collo: era Nick.

Le stelle e la luna sopra, l'erba e la terra sotto. Vera e Nick erano pronti per una nuova vita.

Anzi erano già in una vita nuova, fatta di profumi, di colori, di albe e di tramonti, di luce, di buio, di aria e di acqua. Fatta di corse, di giochi, di coccole.

La luna e le stelle, là in alto nel cielo, quella luna e quelle stelle che tutti indistintamente possiamo vedere se alziamo lo sguardo, non sono sempre uguali, no.

Quello che le rende splendide non sono gli occhi, ma il cuore, di chi le guarda da quaggiù, da questa nostra fantastica terra.

Ringraziamenti

Ringrazio la mia cara nipote Elena per la realizzazione della copertina e ringrazio la mano misteriosa che muove i miei sogni per lo spunto che ha dato alla mia fantasia...